U0925567

坐看云起时

沈从文 著

沈从文散文精选

SPM 南方传媒 | 花城出版社

图书在版编目（CIP）数据

坐看云起时 / 沈从文著 . -- 广州：花城出版社，2022.5（2022.9重印）

ISBN 978-7-5360-9557-1

Ⅰ . ①坐… Ⅱ . ①沈… Ⅲ . ①散文集 - 中国 - 现代 Ⅳ . ① I266

中国版本图书馆 CIP 数据核字 (2021) 第 242948 号

出 版 人：张　懿
责任编辑：郑秋清
技术编辑：林佳莹
特邀编辑：洪紫玉　姜得祺
装帧设计：吉冈雄太郎

书　　名　坐看云起时
　　　　　ZUO KAN YUN QI SHI
出版发行　花城出版社
　　　　　（广州市环市东路水荫路 11 号）
经　　销　全国新华书店
印　　刷　唐山富达印务有限公司
　　　　　（唐山市芦台经济开发区农业总公司三社区）
开　　本　880 × 1230 毫米　32 开
印　　张　8 印张
字　　数　152，000 字
版　　次　2022 年 5 月第 1 版　2022 年 9 月第 4 次印刷
定　　价　48.00 元

如发现印装质量问题，请直接与印刷厂联系调换。
购书热线：020-37604658　37602954
花城出版社网站：http://www.fcph.com.cn

目录

第一辑 我的湘西

第二辑 湘行散记

第三辑　云水感怀

第四辑　历史为河

第一辑

我的湘西

我所生长的地方

拿起我这支笔来，想写点我在这地面上二十年所过的日子，所见的人物，所听的声音，所嗅的气味，也就是说我真真实实所受的人生教育。首先，提到一个我从那儿生长的边疆僻地小城时，实在不知道怎样来着手较方便些。我应当照城市中人的口吻来说，这真是一个古怪地方！只由于两百年前满人治理中国土地时，为镇抚与虐杀残余苗族，派遣了一队戍卒屯丁驻扎，方有了城堡与居民。这古怪地方的成立与一切过去，有一部《苗防备览》记载了些官方文件，但那只是一部枯燥无味的官书。我想把我一篇作品里所简单描绘过的那个小城，介绍到这里来。这虽然只是一个轮廓，但那地方的一切情景，却浮凸起来，仿佛可用手去摸触。

一个好事人，若从一百年前某种较旧一点的地图上去寻找，当可在黔北、川东、湘西一处极偏僻的角隅上，发现一个名为“镇筸”[①]的小点。那里同别的小点一样，事实上应当有一个城市，在那城市中，安顿下三五千人口。不过一切城市的存在，大部

---

① 镇筸：今湘西凤凰县县城。

分皆在交通、物产、经济活动情形下面，成为那个城市枯荣的因缘，这一个地方，却以另外一种意义无所依附而独立存在。试将那个用粗糙而坚实巨大石头砌成的圆城作为中心，向四方展开，围绕了这边疆僻地的孤城，约有七千多座碉堡、二百左右的营汛。碉堡各用大石块堆成，位置在山顶，随了山岭脉络蜿蜒各处走去；营汛各位置在驿路上，布置得极有秩序。这些东西在一百八十年前，是按照一种精密的计划，各保持相当距离，在周围数百里内，平均分配下来，解决了退守一隅常作蠢动的边苗叛变的。两世纪以来满清[①]的暴政，以及因这暴政而引起的反抗，血染赤了每一条官路同每一个碉堡。到如今，一切完事了，碉堡多数也已毁掉了，营汛多数成为民房了，人民已大半同化了。落日黄昏时节，站到那个巍然独在万山环绕的孤城高处，眺望那些远近残毁的碉堡，还可依稀想见当时角鼓火炬传警告急的光景。这地方到今日，已因为变成另外一种军事重心，一切皆用一种迅速的姿势在改变，在进步，同时这种进步，也就正消灭到过去一切。

凡有机会追随了屈原溯江而行那条常年澄清的沅水，向上游去的旅客和商人，若打量由陆路入黔入川，不经古夜郎国，不经永顺、龙山，都应当明白“镇箪”是个可以安顿他的行李最可靠也最舒服的地方。那里土匪的名称不习惯于一般人的耳

---

① 原文如此。

朵。兵卒纯善如平民，与人无侮无扰。农民勇敢而安分，且莫不敬神守法。商人各负担了花纱同货物，洒脱单独向深山中的村庄走去，与平民做有无交易，谋取什一之利。地方统治者分数种：最上为天神，其次为官，又其次才为村长同执行巫术的神的侍奉者。人人洁身信神，守法爱官。每家俱有兵役，可按月各自到营上领取一点银子、一份米粮，且可从官家领取二百年前被政府所没收的公田耕耨播种。城中人每年各按照家中有无，到天王庙去杀猪、宰羊、磔狗、献鸡、献鱼，求神保佑五谷的繁殖、六畜的兴旺、儿女的长成，以及作疾病婚丧的禳解。人人皆依本分担负官府所分派的捐款，又自动地捐钱与庙祝或单独执行巫术者。一切事保持一种淳朴习惯，遵从古礼；春秋二季农事起始与结束时，照例有年老人向各处人家敛钱，给社稷神唱木傀儡戏。旱暵祈雨，便有小孩子共同抬了活狗，带上柳条，或扎成草龙，各处走去。春天常有春官，穿黄衣到各处念农事歌词。岁暮年末，居民便装饰红衣傩神于家中正屋，捶大鼓如雷鸣，苗巫穿鲜红如血衣服，吹镂银牛角，拿铜刀，踊跃歌舞娱神。城中的住民，多为当时派遣移来的戍卒屯丁，此外则有江西人在此卖布，福建人在此卖烟，广东人在此卖药。地方由少数读书人与多数军官，在政治上与婚姻上两面的结合，产生一个上层阶级，这阶级一方面用一种保守稳健的政策，长时期管理政治，另一方面支配了大部分属于私有的土地；而这阶级的来源，却又仍然出于当年的戍卒屯丁。地方城外山坡上产桐树杉树，矿坑中有朱砂水银，松林里生菌子，山洞中多硝。城乡不缺少勇敢忠诚适于理想的兵士，与温柔耐劳适于家庭的妇人。在军校阶级厨房中，出异常可口的菜饭，在伐树砍柴人口中，出热情优美的歌声。

地方东南四十里接近大河，一道河流肥沃了平衍的两岸，多米，多橘柚。西北二十里后，即已渐入高原，近抵苗乡，万山重叠，大小重叠的山中，大杉树以长年深绿逼人的颜色，蔓延各处。一道小河从高山绝涧中流出，汇集了万山细流，沿了两岸有杉树林的河沟奔驶而过，农民各就河边编缚竹子做成水车，引河中流水，灌溉高处的山田。河水常年清澈，其中多鳜鱼、鲫鱼、鲤鱼，大的比人脚板还大。河岸上那些人家里，常常可以见到白脸长身见人善作媚笑的女子。小河水流环绕镇北城下驶，到一百七十里后方汇入辰河，直抵洞庭。

这地方又名凤凰厅，到民国后便改成了县治，名凤凰县。辛亥革命后，湘西镇守使与辰沅道皆驻节在此地。地方居民不过五六千，驻防各处的正规兵士却有七千。由于环境的不同，直到现在其地绿营兵役制度尚保存不废，为中国绿营军制唯一残留之物。

我就生长在这样一个小城里，将近十五岁时方离开。出门两年半回过那小城一次以后，直到现在为止，那城门我还不再进去过。但那地方我是熟悉的。现在还有许多人生活在那个城市里，我却常常生活在那个小城过去给我的印象里。

凤凰

这是从一个作品里摘录出的关于凤凰的轮廓：

一个好事人，若从一百年前某种较旧一点的地图上去寻找，当可在黔北、川东、湘西一处极偏僻的角隅上，发现一个名为“镇箪”的小点。那里同别的小点一样，事实上应当有一个城市，在那城市中，安顿下三五千人口。不过一切城市的存在，大部分皆在交通、物产、经济活动情形下面，成为那个城市枯荣的因缘，这一个地方，却以另外一种意义无所依附而独立存在。试将那个用粗糙而坚实巨大石头砌成的圆城作为中心，向四方展开，围绕了这边疆僻地的孤城，约有七千多座碉堡、二百左右的营汛。碉堡各用大石块堆成，位置在山顶，随了山岭脉络蜿蜒各处走去；营汛各位置在驿路上，布置得极有秩序。这些东西在一百八十年前，是按照一种精密的计划，各保持相当距离，在周围数百里内，平均分配下来，解决了退守一隅常作蠢动的边苗叛变的。两世纪以来满清的暴政，以及因这暴政而引起的反抗，血染赤了每一条官路同每一个碉堡。到如今，一切完事了，碉堡多数也已毁掉了，营汛多数成为民房了，人民已大半同化了。落日黄昏时节，站到那个巍然独在万山环绕的孤城高处，眺望那些远近残毁的碉堡，还可依稀想见当时角鼓火炬传警告急的光景。这地方到今日，已因为变成另外一种军事重心，一切皆用一种迅速的姿势在改变，在进步，同时这种进步，也就正消灭到过去一切。……

地方统治者分数种：最上为天神，其次为官，又其次才为村长同执行巫术的神的侍奉者。人人洁身信神，守法爱官。每家俱有兵役，可按月各自到营上领取一点银子、一份米粮，且可从官家领取二百年前被政府所没收的公田耕耨播种。……

这地方又名凤凰厅，到民国后便改成了县治，名凤凰县。辛亥革命后，湘西镇守使与辰沅道皆驻节在此地。地方居民不过五六千，驻防各处的正规兵士却有七千。由于环境的不同，直到现在其地绿营兵役制度尚保存不废，为中国绿营军制唯一残留之物。（引自《凤子》）

苗人放蛊的传说，由这个地方出发。辰州符的实验者，以这个地方为集中地。三楚子弟的游侠气概，因这个地方屯丁子弟兵制度，所以保留得特别多。在宗教仪式上，这个地方有很多特别处，宗教情绪（好鬼信巫的情绪）因社会环境特殊，热烈专诚到不可想象。湘西之所以成为问题，这个地方的人应当负较多责任。湘西的将来，不拘好或坏，这个地方的人的关系都特别大。湘西的神秘，只有这一个区域不易了解，值得了解。

它的地域已深入苗区，文化比沅水流域任何一县都差得多，然而民国以来湖南的第一流政治家熊希龄先生，却出生在那个小小县城里。地方可说充满了迷信，然而那点迷信却被历史很巧妙地糅合在军人的情感里，因此反而增加了军人的勇敢性与团结性。去年在嘉善守兴登堡国防线抗敌时，作战之沉着，牺牲之壮烈，就见出迷信实无碍于它的军人职务。县城一个完全小学也办不好。可是从办新军起始，这地方就有一大群青年成为日本士官学校毕业生。较后的保定军官团，又有十多人毕业。护国军兴，蔡锷的参谋长朱湘溪就是凤凰人。许多青年在部队中当过一阵兵后，辗转努力，得入正式大学，或陆军大学，成绩都很好。一些由行伍出身的军人，常识且异常丰富；个人的浪漫情绪与历史的宗教情绪结合为一，便成游侠者精神，领导得了人，就可成为卫国守土的模范军人。这种游侠精神若用不得其当，自然也可以见出种种短处。或一与领导者离开，即不免在许多事上精力浪费。甚焉者即糜烂地方，尚不自知。总之，这个地方的人格与道德，应当归入另一型范。由于历史环境不同，它的发展也就和别的省份情形大大不同。

凤凰军校阶级不独支配了凤凰，且支配了湘西沅水流域二十县。它的弱点与二十年来一般中国军人弱点相似，即知道管理群众，不大知道教育群众。知道管理群众，因此在统治下社会秩序尚无问题。不大知道教育群众，因此一切进步的理想都难实现。地方偏僻，且易受人控制，如数年前领导者陈渠珍被何键压迫离职，外来贪污与本地土劣即打成一片，地方受剥削宰割，毫无办法。民性既刚直，团结性又强，领导者如能将这种优点变成一个教育原则，使湘西群众普遍化，人人各有一种自尊和自信心，认为湘西人可以把湘西弄好，这工作人人有份，是每人责任也是每人权利，能够这样，湘西之明日，就大不相同了。

典籍上关于云贵放蛊的记载，放蛊必与仇怨有关，仇怨又与男女之事有关。换言之，就是新欢旧爱得失之际，蛊可以应用作争夺工具或报复工具。中蛊者非狂即死，惟系铃人可以解铃。这倒是蛊字古典的说明，与本意相去不远。看看贵州小乡镇上任何小摊子上都可以公开地买红砒，就可知道蛊并无如何神秘可言了。但蛊在湘西却有另外一种意义，与巫，与少女的落洞致死，三者同源而异流，都源于人神错综，一种情绪被压抑后变态的发展。因年龄、社会地位和其他分别，穷而年老的，易成为蛊婆，三十岁左右的，易成为巫，十六岁到二十二三岁，美丽爱好性格内向而婚姻不遂的，易落洞致死。三者都以神为对象，产生一种变质女性神经病。年老而穷，怨愤郁结，取报复形式方能排泄感情，故蛊婆所作所为，即近于报复。三十岁左右，对神力极端敬信，民间传说如“七仙姐下凡”之类的故事又多，结合宗教情绪与浪漫情绪而为一，因此总觉得神对她特别关心，发狂，呓语，天上地下，无往不至，必须做巫，执行人神传递愿望与意见工作，经众人承认其为神之子后，中和其情绪，狂病方不再发。年轻貌美的女子，一面为戏文才子佳人故事所启发，一面由于美貌而有才情，婚姻不谐，当地武人出身中产者规矩又严，由压抑转而成为人神错综，以为被神所爱，因此死去。

善蛊的通称“草蛊婆”，蛊人称“放蛊”。放蛊的方法是用虫类放果物中，毒蛊不外蚂蚁、蜈蚣、长蛇，就本地所有且常见的。中蛊的多为小孩子，现象和通常害疳疾腹中生蛔虫差不多。腹胀人瘦，或梦见虫蛇，终于死去。病中若家人疑心是同街某妇人放的，就走去见见她，只作为随便闲话方式，客客气气地说：“伯娘，我孩子害了点小病。总治不好，你知道什么小丹方，告我一个吧。小孩子怪可怜！”那妇人知道人疑心到她了，必说：“那不要紧，吃点猪肝（或别的）就好了。”回家照方子一吃，果然就好了。病好的原因是“收益”。蛊婆的家中必异常干净，个人眼睛发红。蛊婆放蛊出于被蛊所逼迫，到相当时日必来一次。通常放一小孩子可以经过一年，放一树木（本地凡树木起瘿有蚁穴因而枯死的，多认为被放蛊死去）只抵两月，放自己孩子却可抵三年。蛊婆所住的街上，街邻照例对她都敬而远之地客气，她也就从不会对本街孩子过不去（甚至于不会对全城孩子过不去）。但某一时若迫不得已使同街孩子致死，或城中孩子因受蛊死去，好事者激起公愤，必把这个妇人捉去，放在大六月天酷日下晒太阳，名为“晒草蛊”，或用别的更残忍的方法惩治。这事官方从不过问。即或这妇人在私刑中死去，也不过问。受处分的妇人，有些极口呼冤，有些又似乎以为罪有应得，默然无语。然情绪相同，即这种妇人必相信自己真有致人于死的魔力，还有些居然招供出有多少魔力，施行过多少次，某时在某处蛊死谁，某地方某大树枯树自焚也是她做的。在招供中且俨然得到一种满足的快乐。这样一来，照习惯必在毒日下晒三天，有些妇人被晒过后，病就好了，以为蛊被太阳晒过就离开了，成为一个常态的妇人。有些因此就死掉了。死后众人还以为替地方除了一害。其实呢，这种妇人与其说是罪人，不如说是疯婆子。她根本上就并无如此特别能力蛊人致命。这种妇人是一个悲剧的主角，因为她有点隐性的疯狂，致疯的原因又是穷苦而寂寞。

行巫者其所以行巫，加以分析，也有相似情形。中国其他地方巫术的执行者，同僧道相差不多，已成为一种游民懒妇谋生的职业。视个人的诈伪聪明程度，见出职业成功的多少。他的作为重在引人迷信，自己却清清楚楚。这种行巫，已完全失去了他本来性质，不会当真发疯发狂了。但凤凰情形不同，行巫术多非自愿的职业，近于“迫不得已”的差使。大多数本人平时为人必极老实忠厚，沉默寡言。常忽然发病，卧床不起，如有神附体，语音神气完全变过，或胡唱胡闹，天上地下，无所不谈。且哭笑无常，殴打自己。长日不吃、不喝、不睡觉。过三两天后，仿佛生命中有种东西，把它稳住了，因极度疲乏，要休息了，长长地睡上一天，人就清醒了。醒后对病中事竟毫无所知，别的人谈起他病中情形时，反觉十分羞愧。

可是这种狂病是有周期性的（也许还同经期有关系），约两三个月一次。每次总弄得本人十分疲乏，欲罢不能。按照习惯只有一个方法可以治疗，那就是行巫。行巫不必学习，无从传授，只设一神坛，放一平斗，斗内装满谷子，插上一把剪刀。有的什么也不用，就可正式营业。执行巫术的方式，是在神前设一座位，行巫者坐定，用青丝绸巾覆盖脸上。重在关亡，托亡魂说话，用半哼半唱方式，谈别人家事长短、儿女疾病、远行人情形。谈到伤心处，谈者涕泗横溢，听者自然更嘘泣不止。执行巫术后，已成为众人承认的神之子，女人的潜意识，因中和作用，得到解除，因此就不会再发狂病。初初执行巫术时，且照例很灵，至少有些想不到的古怪情形，说来十分巧合。因为有事前狂态作宣传，本城人知道得多，行巫近于不得已，光顾的老妇人必甚多，生意甚好，行巫虽可发财，本人通常倒不以所得多少关心，受神指定为代理人，不作巫即受惩罚，设坛近于不得已，行巫既久，自然就渐渐变成职业，使术时多做作处。世人的好奇心这时又转移到新近设坛的别一妇人方面去。这巫婆若为人老实，便因此撤了坛，依然恢复她原有的职业，或作奶妈，或做小生意，或带孩子。为人世故，就成为三姑六婆之一，利用身份，串当地有身份人家的门子，陪老太太念经，或如《红楼梦》中与赵姨娘合作同谋马道婆之流妇女，行使点小法术，埋在地下，放在枕边，使“仇人”吃亏。或更做媒做中，弄一点酬劳脚步钱。小孩子多病，命大，就拜寄她做干儿子。小孩子夜惊，就为“收黑”，用个鸡蛋，咒过一番后，黄昏时拿到街上去，一路喊小孩名字：“八宝回来了吗？”另一个就答：“八宝回来了。”一直喊到家。到家后抱着孩子手蘸唾沫抹抹孩子头部，事情就算办好了。行巫的本地人称为“仙娘”。她的职务是“人鬼之间的媒介”，她的群众是妇人和孩子，她工作的真正意义是她得到社会承认是神的代理人后，狂病即不再发。当地妇女实为生活所困苦，感情无所归宿，将希望与梦想寄在她的法术上，靠她得到安慰。这种人自然间或也会点小丹方，可以治小儿夜惊、膈食。用通常眼光看来，殊不可解，用现代心理学来分析，它的产生同它在社会上的意义，都有它必然的原因。一知半解的读书人，想破除迷信，要打倒它，否认这种“先知”，正说明另一种人的“无知”。

至于落洞，实在是一种人神错综的悲剧，比上述两种妇女病更多悲剧性。地方习惯是女子在性行为方面极端压制，使之成为最高的道德。这种道德观念的形成，由于军人成为地方整个的统治者。军人因职务关系，必时常离开家庭外出，在外面取得对于妇女的经验，必使这种道德观增强，方能维持他的性的独占情绪与事实。因此本地认为最丑的事无过于女子不贞、男子听妇女有外遇。妇女若无家庭任何拘束，自愿解放，毫无关系的旁人亦可把女子捉来光身游街，表示与众共弃。下面的故事是另外一个最好的例子。

旅长刘俊卿，夫人是一个女子学校毕业生，平时感情极好。

有同学某女士，因同学时要好，在通信中不免常有些女孩子的感情的话。信被这位军官见到后，便引起疑心。后因信中有句话语近于男子说的：“嫁了人你就把我忘了。”这位军官疑心转增。刘俊卿独自驻防某地，有一天，忽然要马弁去接太太，并告马弁：“你把太太接来，到离这里十里，一枪给我把她打死，我要死的不要活的。我要看看她还有一点热气，不同她说话。你事办得好，一切有我，事办不好，不必回来见我。”马弁当然一切照办。当真把旅长太太接来防地，到要下手时，太太一看情形不对，问马弁是什么意思。马弁就告她这是旅长的意思。太太说：“我不能这样冤枉死去，你让我见他去说个明白！”马弁说：“旅长命令要这么办，不然我就得死。”末了两人都哭了，太太让马弁把枪口按在心子上一枪打死了（打心子好让血往腔子里流！）。轿夫快快地把这位太太抬到旅部去见旅长，旅长看看后，摸摸脸和手，看看气已绝了。不由自主淌了两滴英雄泪，要马弁看一副五百块钱的棺木，把死者装殓埋了。人一埋，事情也就完结了。

这悲剧多数人就只觉得死者可悯，因误会得到这样的结果，可不觉得军官行为成为问题。倘若女的当真过去一时还有一个情人，那这种处置，在当地人看来，简直是英雄行为了。

女子在性行为所受的压制既如此严酷，一个结过婚的妇人，因家事儿女勤劳，终日织布、绩麻、做腌菜，家境好的还玩骨牌，尚可转移她的情绪，不至于成为精神病。一个未出嫁的女子，尤其是一个爱美好洁、知书识字、富于情感的聪明女子，或因早熟，或因晚婚，这方面情绪上所受的压抑自然更大，容易转成病态。地方既在边区苗乡，苗族半原人的神怪观影响到一切人，形成一种绝大力量。大树、洞穴、岩石，无处无神。狐、虎、蛇、龟，无物不怪。神或怪在传说中美丑善恶不一，无不赋以人性。因人与人相互爱悦，和当前道德观念极端冲突，便产生人和神怪爱悦的传说，女性在性方面的压抑情绪，方借此得到一条出路。落洞即人神错综之一种形式。背面所隐藏的悲惨，正与表面所见出的美丽成分相等。

凡属落洞的女子，必眼睛光亮，性情纯和，聪明而美丽。必未婚，必爱好，善修饰。平时贞静自处，情感热烈不外露，转多幻想。间或出门，即自以为某一时无意中从某处洞穴旁经过，为洞神一瞥见到，欢喜了她。因此更加爱独处，爱静坐，爱清洁，有时且会自言自语，常以为那个洞神已驾云乘虹前来看她。这个抽象的神或为传说中的相貌，或为记忆中庙宇里的偶像样子，或为常见的又为女子所畏惧的蛇虎形状。总之这个抽象对手到女人心中时，虽引起女子一点羞怯和恐惧，却必然也感到热烈而兴奋。事实上也就是一种变形的自渎。等家中人注意这件事情深为忧虑时，或正是病人在变态情绪中恋爱最满足时。

通常男巫的职务重在和大地悦人神，对落洞事即付之于职权以外，不能过问。辰州符重在治大伤，对这件事也无可如何。女巫虽可请本家亡灵对这件事表示意见，或阴魂入洞探询消息，然而结末总似乎凡属爱情，即无罪过。洞神所欲，一切人力都近于白费。虽天王佛菩萨权力广大，人鬼同尊，亦无从为力（迷信与实际社会互相映照，可谓相反相成）。事到末了，即是听其慢慢死去。死的迟早，都认为一切由洞神做主。事实上有一半近于女子自己做主。死时女子必觉得洞神已派人前来迎接她，或觉得洞神亲自换了新衣骑了白马来接她，耳中有箫鼓竞奏，眼睛发光，脸色发红，间或在肉体上放散一种奇异香味，含笑死去，死时且显得神气清明，美艳照人。真如诗人所说："她在恋爱之中，含笑死去。"家中人多泪眼莹然相向，无可奈何。只以为女儿被神所眷爱致死。料不到女儿因在人间无可爱悦，却爱上了神，在人神恋与自我恋情形中消耗其如花生命，终于衰弱死去。

凡女子落洞致死的年龄，迟早不等，大致在十六到二十四五左右。病的久暂也不一，大致由两年到五年。落洞女子最正当的治疗是结婚，一种正常美满的婚姻，必然可以把女子从这种可怜的生活中救出。可是照习惯，这种为神眷顾的女子，是无人愿意接回家中做媳妇的。家中人更想不到结婚是一种最好的法术和药物。因此末了终是一死。

湘西女性在三种年龄阶段中，产生蛊婆、女巫和落洞女子。三种女性的歇斯底里亚，就形成湘西的神秘之一部分。这神秘背后隐藏了动人的悲剧，同时也隐藏了动人的诗。至如辰州符，在伤科方面用催眠术和当地效力强不知名草药相辅为治，男巫用广大的戏剧场面，在一年将尽的十冬腊月，杀猪宰羊，击鼓鸣锣，来做人神和乐的工作，集收人民的宗教情绪和浪漫情绪，比较起来，就见得事很平常，不足为异了。

浪漫情绪和宗教情绪两者混而为一，在女子方面，它的排泄方式，有如上所述说的种种；在男子方面，则自然而然成为游侠者精神。这从游侠者的道德规律所表现的宗教性和戏剧性也可看出。妇女道德的形成，与游侠者的规律大有关系。游侠者对同性同道称哥唤弟，彼此不分。故对于同道眷属亦视为家中人，呼为嫂子。子弟儿郎们照规矩与嫂子一床同宿，亦无所忌，但条款必遵守，即“只许开弓，不许放箭”。条款意思就是同住无妨，然不能发生关系。若发生关系，即为犯条款，必受严重处分。这种处分仪式，实充满宗教性和戏剧性，下面一件记载，是一个好例。这故事是一个参加过这种仪式的朋友说的。

在野地排三十六张方桌（象征梁山三十六天罡），用八张方桌重叠为一个高台，桌前掘一个一丈八尺见方的土坑，用三十六把尖刀竖立坑中，刀锋向上，疏密不一。预先用浮土掩着，刀尖不外露。所有弟兄哥子都全副戎装到场，当时流行的装束是：青绉绸巾裹头，视耳边下垂巾角长短表示身份。穿纸甲，用绵纸锤炼而成，中夹头发，做成背心式样，轻而柔韧，可以避刀刃。外穿密钮打衣，袖小而紧。佩平时所长武器，多单刀双刀，小牛皮刀鞘上绘有绿云红云，刀环上系彩绸，作为装饰。着青裤，裹腿，腿部必插两把黄鳝尾小尖刀。赤脚，穿麻练鞋。

桌上排定酒盏，燃好香烛，发言的必先吃血酒盟心（或咬一公鸡头，将鸡血滴入酒中，或咬破手指，将本人血滴入酒中）。“管事”将事由说明，请众议处。事情是一个大哥的嫂子有被某“老幺”调戏嫌疑，老幺犯了某条某款。女子年轻而貌美，长眉弱肩，身材窈窕，眼光如星子流转。男的不过二十岁左右，黑脸长身，眉目英悍。管事把事由说完后，女子继即陈述经过，那青年男子在旁沉默不语。此后轮到青年开口时，就说一切都出于诬蔑。至于为什么诬蔑，他不便说，嫂子应当清清楚楚。那意思就是说嫂子对他有心，他无意。既经否认，各执一说，“执法”无从执行处分，因此照规矩决之于神。青年男子把麻鞋脱去，把衣甲脱去，光身赤脚爬上那八张方桌顶上去，毫无惧容，理直气壮，奋身向土坑跃下。出坑时，全身丝毫无伤，照规矩即已证实心地光明，一切出于受诬。其时女子头已低下，脸色惨白，知道自己命运不佳，也已失败，不能逃脱。那大哥揪着女的发髻，跪到神桌边去，问她：“还有什么话说？”女的说：“没有什么说的。冤有头，债有主。凡事天知道。”引颈受戮，不求饶也不狡辩，一切沉默。这大哥看看四面八方，无一个人有所表示，于是拔出背上单刀，一刀结果了这个小兄弟，反诬他调戏的女子。头放在神桌前，眉自下垂如熟睡。一伙哥子弟兄见事已完，把尸身拖到原来那个土坑里去，用刀掘土，把尸身掩埋了。那个大哥和那个幺兄弟，在情绪上一定都需要流一点儿眼泪，但身份上的习惯，却不许一个男子为妇人显出弱点，都默然无言，各自走开。

类乎这种事情还很多。都是浪漫与严肃，美丽与残忍，爱与怨交缚不可分。

游侠者行径在当地也另成一种风格，与国内近代化的青红帮稍稍不同。重在为友报仇，扶弱锄强，挥金如土，有诺必践。尊重读书人，敬事同乡长老，换言之，就是还能保存一点古风。有些人虽能在川黔湘鄂数省边境号召数千人集会，在本乡却谦虚纯良，犹如一乡巴佬。有兵役的且依然按时入衙署当值，听候差遣做小事情，凡事照常。赌博时用小铜钱三枚跌地，名为“板三”，看反复、数目，决定胜负，一反手间即输黄牛一头，银圆一百两百，输后不以为意，扬长而去，从无翻悔放赖情事。决斗时两人用分量相等武器，一人对付一人，虽亲兄弟只能袖手旁观，不许帮忙。仇敌受伤倒下后，即不继续填刀，否则就被人笑话，失去英雄本色，虽胜不武。犯条款时自己处罚自己，割手截脚，脸不变色，口不出声。总之，游侠观念纯是古典的，行为是与太史公所述相去不远的。二十年闻名于川黔鄂湘各边区凤凰人田三怒，可为这种游侠者的一个典型。年纪不到十岁，看木傀儡戏时，就携一血梼木[①]短棒，在戏场中向屯垦军子弟不端重地横蛮地挑衅，或把人痛殴一顿，或反而被人打得头破血流，不以为意。十二岁就身怀黄鳝尾小刀，称“小老幺”，

① 血梼木：此处疑为血椆木之误。血梼木即红椆木。

三江四海口诀背诵如流。家中老父开米粉馆，凡小朋友照顾的，一例招待，从不接钱。十五岁就为友报仇，走七百里路到常德府去杀一木客镖手，因听人说这个镖手在沅州有意调戏一个妇人，曾用手触过妇人的乳部，这少年就把镖手的双手砍下，带到沅州去送给那朋友。年纪二十岁，已称“龙头大哥”，名闻边境各处，然在本地每日抱大公鸡往米场斗鸡时，一见长辈或教学先生，必侧身在墙边让路，见女人必低头而过，见做小生意老妇人，必叫伯母，见人相争相吵，必心平气和劝解，且用笑话使大事化为小事。周济逢丧事的孤寡，从不出名露面。各庙宇和尚尼姑行为有不正常的，恐败坏当地风俗，必在短期中想方法把这种不守清规的法门弟子逐出境外。做龙头后身边子弟甚多，龙蛇不一，凡有调戏良家妇女，或赌博撒赖，或倚势强夺，经人告诉的，必招来把事情问明白，照条款处办。执法老幺，被派往六百里外杀人，随时动员，如期带回证据。结怨甚多，积德亦多。身体瘦黑而小，秀弱如一小学教员，不相识的绝不会相信这是湘西一霸。

光棍服软不服硬。白羊岭有一张姓汉子，出门远走云贵二十年，回家时与人谈天，问：“本地近来谁有名？”或人说：“田三怒。”姓张的稍露出轻视神气：“田三怒不是正街卖粉的田家小儿子？”当夜就有人去叫张家的门，在门外招呼说：“姓张的，你明天大亮以前走路，不要在这个地方住。不走路后天我们送你回老家。”姓张的不以为意，可是到后天大清早，有人发现他在一个桥头上斜坐着。走近身看看，原来两把刀插在心窝上，人已经死了。另外有个姓王的，卖牛肉讨生活，过节喝了点儿酒，酒后忘形，当街大骂田三怒不是东西，若有勇气，可以当街和他比比。正闹着，田三怒却从街上过身，一切听得清清楚楚。事后有人赶去告给那醉汉的母亲，老妇人听说吓慌了，赶忙去找他，哭哭啼啼，求他不要见怪。并说只有这个儿子，儿子一死，自己老命也完了。田三怒只是笑，说："伯母，这是小事情，他喝了酒，乱说玩的。我不会生他的气。谁也不敢挨他，你放心。"事后果然不再追究。还送了老妇人一笔钱，要那儿子开个面馆。

田三怒四十岁后，已豪气稍衰，厌倦了风云，把兄弟遣散，洗了手，在家里养马种花过日子。间或骑了马下乡去赶场，买几只斗鸡，或携细尾狗，带长网去草泽地打野鸡，逐鹌鹑，猎猎野猪，人料不到这就是十年前在川黔边境增加了凤凰人光荣的英雄田三怒。本人也似乎忘记自己做了些什么事。一天下午，牵了他那两匹骏健白马出城下河去洗马。城头上有两个懦夫居高临下，用两支匣子炮由他身背后打了约十三发子弹，有两粒子弹打在后颈上，五粒打在腰背上。两匹白马受惊，脱了疆沿城根狂奔而去。老英雄受暗算后，伏在水边石头上，勉强翻过身来，从怀中掏出小勃朗宁拿在手上，默默无声。他知道等等就会有人出城来的。不一会，懦夫之一果然提着匣子炮出城来了，到离身三丈左右时，老英雄手一扬起，枪声响处那懦夫倒下，子弹从左眼进去，即刻死了。城头上那个懦夫在隐蔽处重新打了五枪。田三怒教训他："狗杂种，你做的事丢了镇箪人的丑。在暗中射冷箭，不像个男子。你怎不下来？"懦夫不作声。原来城上来了另外的人，这行刺的就跑了。田三怒知道自己不济事了，在自己太阳穴上打了一枪，便如此完结了自己，也完结了当地最后一个游侠者。

派人做这件事情的，到后来才知道是一个姓唐的。这个人也可称为苗乡一霸，辛亥革命领率苗民万人攻城，牺牲苗民将近六千人，北伐时随军下长江，曾任徐海警备司令。卸职还乡后称"司令官"，在离城十里长宁哨新房子中居家纳福。事有凑巧，做了这件事后，过后数年，这人居然被一个驻军团长，不知天高地厚，把他捉来放在牢里，到知道这事不妥时，人已病死狱中了。

田三怒子弟极多，十年来或因年事渐长，血气已衰，改业为正经规矩商人。或带剑从军，参加各种内战，牺牲死去。或因犯案离乡，漂流无踪。在日月交替中，地方人物新陈代谢，风俗习惯日有不同。因此到近年来，游侠者精神虽未绝，所有方式已大大有了变化。在那万山环绕的小小石头城中，田三怒的姓名，已逐渐为人忘却，少年子弟中有从图书杂志上知道"飞将军""小黑炭""美人鱼"等人，却不知道田三怒是谁。

当年田三怒得力助手之一，到如今还好好存在，为人依然豪侠好客，待友以义，在苗民中称领袖，这人就是去年使湘西发生问题，迫使提倡打拳读经治国的何键去职，因而湖南政治得一转机的龙云飞。二十年前眼目精悍，手脚麻利，勇敢如豹子，轻捷如猿猴，身体由城墙头倒掷而下，落地时尚能作矮马桩姿势。在街头与人决斗，杀人后下河边去洗手时，从从容容如毫不在意。现在虽尚精神矍铄，面目光润，但已白发临头，谦和宽厚如一长者。回首昔日，不免有英雄老去之慨！

这种游侠者精神既浸透了三厅子弟的脑子，所以在本地读书人观念上也发生影响。军人政治家，当前负责收拾湘西的陈老先生[①]，年近六十，体气精神，犹如三十许青年壮健，平时律己之严，驭下之宽，以及处世接物、带兵从政，就大有游侠者风度。少壮军官中，如师长顾家齐、戴季韬辈，虽受近代化训练，面目文弱和易如大学生，精神上多因游侠者的遗风，勇鸷剽悍，好客喜弄，如太史公传记中人。诗人田星六，诗中就充满游侠者霸气。山高水急，地苦雾多，为本地人性格形成之另一面。

游侠者精神的浸润，产生过去，且将形成未来。

---

① 指陈渠珍。

常德

我本预备到北京的，但去不成。我本想走得越远越好，正以为我必得走到一个使人忘却了我存在的种种过失，也使自己忘却了自己种种痴处蠢处的地方，才能够再活下去。可是一到常德后，便有个亲戚把我留下了。

到常德后一时什么事也不能做，只住在每天连伙食共需三毛六分钱的小客栈里打发日子。因此最多的去处还依然同上年在辰州军队里一样，一条河街占去了我大部分生活。辰州河街不过一二里路长，几家做船上人买卖的小茶馆，同几家与船上人做交易的杂货铺。常德的河街可不同多了，这是一条长约三五里的河街，有客栈，有花纱行，有油行，有卖船上铁锚、铁链的大铺子，有税局，有各种会馆与行庄。这河街既那么长又那么复杂，常年且因为有城中人担水把地面弄得透湿的，我每天走一两个来回，又在任何一处随意待下欣赏当时那些眼前发生的新事，以及照例存在的一切，日子很快地也就又夜下来了。

那河街那么长，我最中意的是名为麻阳街的一段。那里一面是城墙，一面是临河而起的一排陋隘逼窄的小屋。有烟馆同面馆，有卖绳缆的铺子，有杂货字号，有屠户，有狗肉铺，门前挂满了熏干的狗肉，有铸铁锚与琢硬木活车以及贩卖小船上应用器具的小铺子。又有小小理发馆，走路的人从街上过身时，总常常可见到一些大而圆的脑袋，带着三分呆气在那里让剃头师傅用刀刮头，或偏了头搁在一条大腿上，在那里向阳取耳。有几家专门供船上划船人开心的妓院，常常可以见到三五个大脚女人，身穿蓝色印花洋布衣服，红花洋布裤子，粉脸油头，鼻梁根扯得通红，坐在门前长凳上剥朝阳花子，见有人过路时就眯笑眯笑，且轻轻地用麻阳人腔调唱歌。这一条街上龌浊不过，一年总是湿漉漉的不好走路，且一年四季总不免有种古怪气味。河中还泊满了住家的小船，以及从辰河上游洪江一带装运桐油牛皮的大船。上游某一帮船只拢岸时，这河街上各处都是水手。只看到这些水手手里提了干鱼，或扛了大南瓜，到处走动，各人皆忙匆匆把从上游本乡带来的礼物送给亲戚朋友。这街上又有些从河街小屋子里与河船上长大的小孩子，大白天三三五五捧了红冠大公鸡，身前身后跟了一只肥狗，街头街尾各处找寻别的公鸡打架。一见了什么人家的公鸡时，就把怀里的鸡远远抛去，各占据着那堆积在城墙脚下的木料堆上观战。自己公鸡战败时，就走拢去踢别人的公鸡一脚出气。或者因点别的什么事，两人互骂了一句娘，看看谁也不能输那一口气，就在街中很勇敢地揪打起来，缠成一团揉到烂泥里去。

那街上卖糕的必敲竹梆，卖糖的必打小铜锣，这些人在引起别人的注意方法上，都知道在过街时口中唱出一种放荡的调子，同女人身体某一些部分相关，逗人发笑。街上又常常有妇女坐在门前矮凳上大哭乱骂，或者用一把菜刀，在一块木板上一面砍一面骂那把鸡偷去宰吃了的人。那街上且常常可以看到穿着青羽缎马褂、新浆洗过蓝布长衫的船老板，带了很多礼物来送熟人。街头中又常常有唱木头人戏的，当街靠墙架了场面，在一种奇妙处置下“当当当当蓬蓬当”地响起锣鼓来，许多闲汉便张大了嘴看那个傀儡戏，到收钱时却一哄而散。

那街上许多茶馆，一面临街，一面临河，旁边甬道下去就是河码头。从各小船上岸的人多从这甬道上下，因此来去的人也极多。船上到夜里各处全是灯，河中心有许多小船各处摇去，弄船人拖出长长的声音卖烧酒同猪蹄子粉条。我想象那个粉条一定不坏，很愿意有一个机会到那小船上去吃点儿什么喝点儿什么，但当然办不到。

我到这街上来来去去，看这些人如何生活，如何快乐又如何忧愁，我也就仿佛同样得到了一点生活的意义。

我又间或跑向轮船码头去看那些从长沙从汉口来的小轮船，在趸船一角怯怯地站住，看那些学生模样的青年和体面女人上下船，看那些人的样子，也看那些人的行李。间或发现了一个人的皮箱上贴了许多上海北京各地旅馆的标志，我总悄悄地走过去好好地研究一番，估计这人究竟从哪儿来。内河小轮船刚一抵岸，在我这乡巴佬的眼下实在是一种奇观。

我间或又爬上城去，在那石头城上兜一个圈子，一面散步，一面且居高临下地欣赏那些傍了城墙脚边住家的院子里的一切情形。在近北门一方面，地邻小河，每天照例有不少染坊工人，担了青布白布出城过空场上去晒晾，又有军队中人放马，又可看到埋人，又可看鸭子同白鹅。一个人既然无事可做，因此到城头看过了城外的一切，还觉得有点不足时，就出城到那些大场坪里找染坊工人与马夫谈话，情形也就十分平常。我虽然已经好像一个读书人了，可是事实上一切精神却更近于一个兵士，到他们身边时，我们谈到的问题，实在比我到一个学生身边时可谈的更多。就现在来说，我同任何一个下等人就似乎有很多方面的话可谈，他们那点感想，那点希望，也大多数同我一样，皆从现实生活取证来的。可是若同一个大学教授谈话，他除了说说书本上学来的那一套心得以外，就是说从报纸上得来的他那一份感想，对于一个人生命的构成，总似乎缺少一点什么似的。可交换的意见，也就很少很少了。

我有时还跟随一队埋人的行列，走到葬地去，看他们下葬的手续与我那地方的习俗如何不同。

另外那件使我离开原来环境逃亡的事，我当然没有忘记，我写了些充满忏悔与自责的书信回去，请求母亲的原恕。母亲知道我并不自杀，于是来信说：“已经做过了的错事，没有不可原恕的道理。你自己好好地做事，我们就放心了。”接到这些信时，我便悄悄到城墙上去哭。因为我想象得出，这些信由母亲口说姊姊写到纸上时，两人的眼泪一定是挂在脸上的。

我那时也同时听到了一个消息，就是那白脸孩子的姊姊，下行读书，在船上却被土匪抢入山中做压寨夫人去了。得到这消息后，我便在那小客店的墙壁上，写下两句唐人传奇小说上的别人的诗，抒写自己的感慨："佳人已属沙吒利，义士今无古押衙。"义士虽无古押衙，其实过不久这女孩就被一笔很可观的数目赎了出来，随即同一个驻防洪江的黔军团长结了婚。但团长不久又被枪毙，这女人便进到沅州本地的天主堂做洋尼姑去了。

我当然书也不读，字也不写，诗也无心再作了。

那时我所以留在常德不动，就因为上游九十里的桃源县，有一个清乡指挥部，属于我本地军队。这军队也就是当年的靖国联军第一军的一部分。那指挥官节制了三个支队，他虽是个贵州人，所有高级官佐却大半是我的同乡。朋友介绍我到那边去，以为做事当然很容易。那时何键正做骑兵团长，归省政府直辖，贺龙做支队司令，归清乡指挥统辖，部队全驻防桃源县。我得到了个向姓同乡介绍信之后，就拿了去会贺龙，我得了个拿九元干薪的差遣，只一月便不干了。又去晋谒别的熟人，向清乡指挥部谋差事。可是两处虽有熟人，却毫无结果。书记差遣一类事情既不能做，我愿意当兵，大家又总以为我不能当兵。不过事情虽无结果，熟人在桃源的既很多，我却可以常常不打票坐小轮船过桃源来玩了。那时有个表弟[①]正从上面总部委派

① 此处指的是沈从文的姨表弟聂清。

下来做译电，我一到桃源时，就住在他那里。两人一出外还仍然是到河边看来往船只。或上去一点到桃源女子师范河边，看看河中心那个大鱼梁。水发时，这鱼梁堪称一种奇观，因为是斜斜地横在河中心，照水流趋势，即有大量鱼群蹦跳到竹架上，有人用长钩钩取入小船，毫不费事！我离开那个清乡军队已两年，再看看这个清乡军队，一切可完全变了。枪械，纪律，完全不像过去那么马虎，每个兵士都仿佛十分自重，每个军官皆服装整齐凸着胸脯在街上走路。平时无事兵士全不能外出，职员们办公休息各有定时。军队印象使我十分感动。

那指挥官虽自行伍出身，一派文雅的风度，却使人看不出他的本来面目，笔下既异常敏捷，做事又富有经验，好些日子听别人说到他时就使我十分倾心。因此我那时就只想：若能够在他那儿当一名差弁，也许比做别的事更有意思。可是我尽这样在心中打算了很久，却终不能得到一个方便机会。

沅陵的人

由常德到沅陵，一个旅行者在车上的感触，可以想象得到，第一是公路上并无苗人，第二是公路上很少听说发现土匪。

公路在山上与山谷中盘旋转折虽多，路面却修理得异常良好，不问晴雨都无妨车行。公路上的行车安全的设计，可看出负责者的最大努力。旅行的很容易忘了车行的危险，乐于赞叹自然风物的美秀。在自然景致中见出宋院画的神采奕奕处，是太平铺过河时入目的光景。溪流萦回，水清而浅，在大石细沙间漱流。群峰竞秀，积翠凝蓝，在细雨中或阳光下看来，颜色真无可形容。山脚下一带树林，一些俨如有意为之布局恰到好处的小小房子，绕河洲树林边一湾溪水，一道长桥，一片烟。香草山花，随手可以掇拾。《楚辞》中的山鬼、云中君，仿佛如在眼前。上官庄的长山头时，一个山接一个山，转折频繁处，懦弱无能的男子与神经质的妇女，会不免觉得头目晕眩。一个常态的男子，便必然对于自然的雄伟表示赞叹，对于数年前裹粮负水来在这高山峻岭修路的壮丁表示敬仰和感谢。这是一群默默无闻沉默不语真正的战士！每一寸路都是他们流汗筑成的。他们有的从百里以外的小乡村赶来，沉默地在派定的地方担土、打石头，三五十人躬着腰肩共同拉着个大石滚子碾压路面，淋雨，挨饿，忍受各式各样的虐待，完成了分派到头上的工作。把路修好了，眼看许多的各色各样稀奇古怪的物件吼着叫着走过了，这些可爱的乡下人，知道事情也办完，笑笑的，各自又回转到那个想象不到的小乡村里过日子去了。中国几年来的建设基础，就是这种无名英雄一点点做成的。他们什么都不知道，可是所完成的工作却十分伟大。

单从这条公路的坚实和危险工程看来，就可知道湘西的民众，是可以为国家完成任何伟大理想的。只要有人领导，交付他们更困难的工作，也可望办得很好。

看看沿路山坡桐茶树木那么多，桐茶山整理得那么完美，我们且会明白这个地方的人民，即或无人领导，关于求生技术，各凭经验在不断努力中，也可望把地面征服，使生产增加。

只要在上的不过分苛索他们，鱼肉他们，这种勤俭耐劳的人民，就不至于铤而走险发生问题。可是若到任何一个停车处，试同附近乡民谈谈，我们就知道那个“过去”是种什么情形了。任何捐税，乡下人都有一份，保甲在糟塌乡下人这方面的努力，“成绩”真极可观！然而促成他们努力的动机，却是照习惯把所得缴一半，留一半。然而负责的注意到这个问题时，就说“这是保甲的罪过”，从不认为是“当政的耻辱”。负责者既不知如何负责，因此使地方进步永远成为一种空洞的理想。然而这一切都不妨说已经成为过去了。

车到了官庄交车处，一列等候过山的车辆，静静地停在那路旁空阔处，说明这公路行车秩序上的不苟。虽在军事状态中，军用车依然受公路规程辖制，不能占先通过，此来彼往，秩序井然。这条公路的修造与管理统由一个姓周的工程师负责。

车到了沅陵，引起我们注意处，是车站边挑的、抬的、负荷的、推挽的，全是女子。凡其他地方男子所能做的劳役，在这地方统由女子来做。公民劳动服务也还是这种女人。公路车站的修成，就有不少女子参加。工作既敏捷，又能干。女权运动者在中国二十年来的运动，到如今在社会上露面时，还是得用“夫人”名义来号召，并不以为可羞。而且大家都集中在大都市，过着一种腐败生活。比较起这种女劳动者把流汗和吃饭打成一片的情形，我们不由得对这种人充满尊敬与同情。

这种人并不因为终日劳作就忘记自己是个妇女，女子爱美的天性依然还好好保存。胸口前的扣花装饰，裤脚边的扣花装饰，是劳动得闲在茶油灯光下做成的。（围裙扣花工作之精和设计之巧，外路人一见无有不交口称赞。）这种妇女日常工作虽不轻松，衣衫却整齐清洁。有的年纪已过了四十岁，还与同伴竞争兜揽生意。两角钱就为客人把行李背到河边渡船上，跟随过渡，到达彼岸，再为背到落脚处。外来人到河码头渡船时，不免十分惊讶。好一片水！好一座小小山城！尤其是那一排渡船，船上的水手，一眼看去，几乎又全是女子。

过了河，进了城门，向长街走走，就可见到卖菜的、卖米的、开铺子的、做银匠的，无一不是女子。再没有另一个地方之女子对于参加各种事业各种生活，做得那么普遍那么自然了。看到这种情形时，真不免令人发生疑问：一切事几乎都由女子来办，如《镜花缘》一书上的女儿国现象了。本地的男子，是出去打仗，还是在家纳福看孩子？

不过一个旅行者自觉已经来到辰州时，兴味或不在这些平常问题上。辰州地方是以辰州符闻名的，辰州符的传说奇迹中又以赶尸著闻。公路在沅水南岸，过北岸城里去，自然盼望有机会弄明白一下这种老玩意儿。

可是旅行者的这点好奇心会受打击。多数当地人对于辰州符都莫名其妙，且毫无兴趣，也不怎么相信。或许无意中会碰着一个“大”人物，体魄大，声音大，气派也好像很大。他不是姓张，就是姓李（他应当姓李！一个典型市侩，在商会任职，以善于吹拍混入行署任名誉参议），他会告诉你，辰州符的灵迹，就是用刀把一只鸡颈脖割断，把它重新接上，喷一口符水，向地下抛去，这只鸡即刻就会跑去，撒一把米到地上，这只鸡还居然赶回来吃米！你问他：“这事曾亲眼见过吗？”他一定说：“当真是眼见的事。”或许慢慢地想一想，你便也会觉得同样是在什么地方亲眼见过这件事了。原来五十年前的什么书上，就这么说过的。这个大人物是当地著名会说大话的。世界上什么事好像都知道得清清楚楚，只不大知道自己说话是假的还是真的，书上有的还是自己造的。多数本地人对于“辰州符”

是个什么东西，照例都不大明白的。

赶尸传说呢，说来实在动人。凡受了点新教育，血里骨里还浸透原人迷信的外来新绅士，想满足自己的荒唐幻想，到这个地方来时，总有机会温习一下这种传说。绅士、学生、旅馆中人，俨然因为生在当地，便负了一种不可避免的义务，又如为一种天赋的幽默同情心所激发，总要把它的神奇处重述一番。或说朋友亲戚曾亲眼见过这种事情，或说曾有谁被赶回来。其实他依然和客人一样，并不明白，也不相信，客人不提起，他是从不注意这个问题的。客人想“研究”它（我们想象得出，有许多人最乐于研究它的），最好还是看《奇门遁甲》，这部书或许对他有一点帮助，本地人可不会给他多少帮助。本地人虽乐于答复这一类傻不可言的问题，却不能说明这事情的真实性。就中有个“有道之士”，姓阙，当地人统称之为阙五老，年纪将近六十岁，谈天时精神犹如一个小孩子。据说十五岁时就远走云贵，跟名师学习过这门法术。做法时口诀并不稀奇，不过是念文天祥的《正气歌》罢了。死人能走动便受这种歌词的影响。辰州符主要的工具是一碗水。这个有道之士家中神主前便陈列了那么一碗水，据说已经有了三十五年，碗里水减少时就加添一点。一切病痛统由这一碗水解决。一个死尸的行动，也得用水迎面一喷。这水且能由浑浊与沸腾表示预兆，有人需要帮忙或卜家事吉凶的预兆，登门造访者若是一个读书人，一个假洋人教授，他会把这一碗水的妙用形容得将更惊心动魄。

使他舌底翻莲的原因，或者是他自己十分寂寞，或者是对于客人具有天赋同情，所以常常把书上没有的也说到了。客人要老老实实发问：“五老，那你看过这种事了？”他必装作很认真神气地说：“当然的。我还亲自赶过！那是我一个亲戚，在云南做官，死在任上，赶回湖南，每天为死者换新草鞋一双，到得湖南时，死人脚趾头全走脱了。只是功夫不练就不灵，早丢下了。”至于为什么把它丢下，可不说明。客人目的在“表演”，主人用意在“故神其说”，末后自然不免使客人失望。不过知道了这玩意儿是读《正气歌》作口诀，同儒家居然大有关系时，也不无所得。

关于赶尸的传说，这位有道之士可谓集其大成，所以值得找方便去拜访一次。他的住处在上西关，一问即可知道。可是一个读书人也许从那有道之士伏尔泰风格的微笑，伏尔泰风格的言谈，看出另外一种无声音的调笑，“你一外来的书呆子，世界上事你知道许多，可是书本不说，另外还有许多就不知道了。用《正气歌》赶走了死尸，你充满好奇的关心，你这个活人，是被什么邪气歌赶到我这里来？”那时他也许正坐在他的杂货铺里面（他是隐于医与商的），忽然用手指着街上一个长头发的男子说：“看，疯子！”那真是个疯子，沅陵唯一的疯子，可是他的语气也许指的是你这个拜访者。你自己试想想看，为了一种流行多年的荒唐传说，充满了好奇心来拜访一个透熟人生的人，问他死了的人用什么方法赶上路，你用意说不定还想拜老师，学来好去外国赚钱出名，至少也弄得个哲学博士回国，再来用它骗中国学生，在他饱经世故的眼中，你和疯子的行径有多少不同！

这个人的言谈，倒真是一种杰作，三十年来当地的历史，在他记忆中保存得完完全全，说来时庄谐杂陈，实在值得一听。尤其是对于当地人事所下的批评，尖锐透入，令人不由得想起法国那个伏尔泰。

至于辰砂的出处，出产于离辰州还远得很，远在三百里外凤凰县的苗乡猴子坪。

凡到过沅陵的人，在好奇心失望后，依然可从自然风物的秀美上得到补偿。由沅陵南岸看北岸山城，房屋接瓦连椽，较高处露出雉堞，沿山围绕，丛树点缀其间，风光入眼，实不俗气。由北岸向南望，则河边小山间，竹园、树木、庙宇、高塔、民居，仿佛各个都位置在最适当处。山后较远处群峰罗列，如屏如障，烟云变幻，颜色积翠堆蓝。早晚相对，令人想象其中必有帝子天神，驾螭乘蜺，驰骤其间。绕城长河，每年三四月春水发后，洪江油船颜色鲜明，在摇橹歌呼中联翩下驶。长方形大木筏，数十精壮汉子，各据筏上一角，举桡激水，乘流而下。就中最令人感动处，是小船半渡，游目四瞩，俨然四围是山，山外重山，一切如画。水深流速，弄船女子，腰腿劲健，胆大心平，危立船头，视若无事。同一渡船，大多数都是妇人，划船的是妇女，过渡的也是妇女较多。有些卖柴卖炭的，来回跑五六十里路，上城卖一担柴，换两斤盐，或带回一点红绿纸张同竹篾做成的简陋船只、小小香烛。问她时，就会笑笑地回答："拿回家去做土地会。"你或许不明白土地会的意义，事实上就是酬谢《楚辞》中提到的那种云中君——山鬼。这些女子一看都那么和善，那么朴素，年纪四十以下的，无一不在胸前土蓝布或葱绿布围裙上绣上一片花，且差不多每个人都是别出心裁，把它处置得十分美观，不拘写实或抽象的花朵，总那么妥帖而雅相。在轻烟细雨里，一个外来人眼见这种情形，必不免在赞美中轻轻叹息。天时常常是那么把山和水和人都笼罩在一种似雨似雾使人微感凄凉的情调里，然而却无处不可以见出"生命"在这个地方有光辉的那一面。

外来客自然会产生疑问：这地方一切事业女人都有份，而且像只有"两截穿衣"的女子有份，男子到哪里去了呢？

在长街上，我们固然时常可以见到一对少年夫妻，女的眉毛俊秀，鼻准完美，穿浅蓝布衣，手指用粗银链，系扣花围裙，背小竹笼。男的身长而瘦，英武爽朗，肩上扛了各种野兽皮向商人兜卖，令人一见十分惊诧。可是这种男子是特殊的，是出了钱，得到免役的瑶族。

男子大部分都当兵去了。因兵役法的缺陷，和执行兵役法的中间层保甲制度人选不完善，逃避兵役的也多，这些壮丁抛下他的耕牛，向山中走，就去当匪。匪多，外来官吏苛索实为主因。乡下人照例都愿意好好活下去，官吏的老式方法居多是不让他们那么好好活下去。乡下人照例一入兵营就成为一个好战士，可是办兵役的，却觉得如果人人都乐于应兵役，就毫无利益可图。土匪多时，当局另外派大部队伍来“维持治安”，守在几个城区，别的不再过问。分布乡下土匪得了相当武器后，在报复情绪下就是对公务员特别不客气，凡搜刮过多的外来人，一落到他们手里时，必然是先将所有的得到，再来取那个“命”。许多人对湘西民或匪都留下一个特别蛮悍嗜杀的印象，就由这种教训而来。许多人说湘西有匪，许多人在湘西虽遇匪，却从不曾遭遇过一次抢劫，就是这个原因。

一个旅行者若想起公路就是这种蛮悍不驯的山民或土匪，在烈日和风雪中努力做成的，乘了新式公共汽车由这条公路经过，既感觉公路工程的伟大结实，到沅陵时，更随处可见妇人如何认真称职，用劳力讨生活，而对于自然所给的印象，又如此秀美，不免感慨系之。这地方神秘处原来在此而不在彼。人民如此可用，景物如此美好，三十年来牧民者来来去去，新陈代谢，不知多少，除认为“蛮悍”外，竟别无发现。外来为官作宦的，回籍时至多也只有把当地久已消灭无余的各种画符捉鬼荒唐不经的传说，在茶余酒后向陌生者一谈。地方真正的好处不会欣赏，坏处不能明白，这岂不是湘西的另一种神秘？

沅陵算是个湘西受外来影响较久较大的地方，城区教会的势力，造成一批吃教饭的人物，蛮悍性情因之消失无余，代替而来的或许是一点青年会办事人的习气。沅陵又是沅水几个支流货物转口处，商人势力较大，以利为归的习惯，也自然很影响到一些人的打算行为。沅陵位置在沅水流域中部，就地形言，自为内战时代必争之地。因此麻阳县的水手，一部分登陆以后，便成为当地有势力的小贩。凤凰县屯垦子弟兵官佐，留下住家的，便成为当地有产业的客居者。慷慨好义，负气任侠，楚人中这类古典的热诚，若从当地人寻觅无着时，还可从这两个地方的男子中发现。一个外来人，在那用山城石板做成的一道长街上，会为一个矮小瘦弱，眼睛又不明，听觉又不聪，走路时匆匆忙忙，说话时结结巴巴的，那么一个平常人引起好奇心。说不定他那时正在街头为人排难解纷，说不定他的行为正需要旁人排难解纷！他那样子就古怪，神气也古怪。一切像个乡下人，像个官能为嗜好与毒物所毁坏，心灵又十分平凡的人。可是应当找机会去同他熟一点，谈谈天。应当想办法更熟一点，跟他向家里走（他的家在一个山上。那房子是沅陵住户地位最好、花木最多的）。如此一来，结果你会接触一点很新奇的东西，一种混合古典热诚与近代理性在一个特殊环境特殊生活里培养成的心灵。你自然会“同情”他，可是最好倒是“信托”他。他需要的不是同情，因为他成天在同情他人，为他人设想帮忙尽义务，来不及接受他人的同情。他需要人信托，因为他那种古典的做人的态度，值得信托。同时他的性情充满了一种天真的爱好，他需要信托，为的是他值得信托。他的视觉同听觉都毁坏了，心和脑可极健全。凤凰屯垦兵子弟中出壮士，体力胆气两方面都不弱于人。这个矮小瘦弱的人物，虽出身世代武人的家庭中，因无力量征服他人，失去了做军人的资格。可是那点有遗传性的军人气概，却征服了他自己，统治自己，改造自己，成为沅陵县一个顶可爱的人。他的名字叫“大先生”，或“大大”，一个古怪到家的称呼。商人、妓女、屠户、教会中的牧师和医生，都这样称呼他。到沅陵去的人，应当认识认识这位大先生。

沅陵县沿河下游四里路远近，河中心有个洲岛，周围高山四合，名“合掌洲”，名目与情景相称。洲上有座庙宇，名“和尚洲”，也还说得去。但本地的传说却以为是“和涨洲”，因为水涨河面宽，淹不着，为的是洲随河水起落！合掌洲有个白塔，由顶到根雷劈了一小片，本地人以为奇，并不足奇。

河南岸村名黄草尾，人家多在橘柚林里，橘子树白华朱实，宜有小腰白齿出于其间。一个种菜园的周家，生了四个女儿，最小的一个四妹，人都呼为天妹，年纪十七岁，许了个成衣店学徒，尚未圆亲。成衣店学徒积蓄了整年工钱，打了一副金耳环给天妹，女孩子就戴了这副金耳环，每天挑菜进东门城卖菜。因为性格好繁华，人长得风流俊俏，东门大街的人都知道卖菜的周家天妹。

因此县里的机关中办事员，保安司令部的小军佐，和商店中小开，下黄草尾玩耍的就多起来了。但不成，肥水不落外人田，有了主子。可是“人怕出名猪怕壮”，天天的名声传出去了，水上划船人全都知道周家天天。去年（一九三七年）冬天一个夜里，忽然来了四百武装喽啰攻打沅陵县城，城边响了一夜枪，到天明以前，无从进城，这一伙人依然退走了。这些人本来目的也许就只是在城外打一夜枪。其中一个带队的称团长，却带了兄弟伙到夭妹家里去拍门。进屋后别的不要，只把这女孩子带走。

女孩子虽又惊又怕，还是从容地说：“你抢我，把我箱子也抢去，我才有衣服换！”

带到山里去时那团长问：“夭夭，你要死，要活？”

女孩子想了想，轻声地说：“要死。你不会让我死。”

团长笑了：“那你意思是要活了！要活就嫁我，跟我走。我把你当官太太，为你杀猪杀羊请客，我不负你。”

女孩子看看团长，人物实在英俊标致，比成衣店学徒强多了，就说：“人到什么地方都是吃饭，我跟你走。”

于是当天就杀了两只猪、十二只羊、一百对鸡鸭，大吃大喝大热闹，团长和夭妹结婚。女孩子问她的衣箱在什么地方，待把衣箱取来打开一看，原来全是预备陪嫁的！英雄美人，可谓美满姻缘。过三天后，那团长就派人送信给黄草尾种菜的周老夫妇，称岳父岳母，报告夭妹安好，不用挂念。信还是用红帖子写的，词句华而典，师爷的手笔。还同时送来一批礼物！老夫妇无话可说，只苦了成衣店那个学徒，坐在东门大街一家铺子里，一面裁布条子做纽袢，一面垂泪。

这也可说是沅陵县人物之一型。

至于住城中的几个年高有德的老绅士，那倒正像湘西许多县城里的正经绅士一样，在当地是很闻名的，庙宇里照例有这种名人写的屏条，名胜地方照例有他们题的诗词。他们儿女多受过良好教育，在外做事。他们家中种植花木，蓄养金鱼和雀鸟，门庭规矩也很好。与地方关系，却多如显克微支在他《炭画》那本书里所说的贵族，凡事取"不干涉主义"。因为名气大，许多不相干的捐款、不相干的公事、不相干的麻烦不会上门。乐得在家纳福，不求闻达，所以也不用有什么表现。对生活劳苦认真，既不如车站边负重妇女生命活跃，也不如卖菜的周家夭妹，然而日子还是过得很好，这就够了。

由沅水下行百十里到沅陵属边境地名柳林岔——就是湘西出产金子、风景又极美丽的柳林岔。那地方过去一时也有个人，很有意思。这个人据说母亲貌美而守寡，住在柳林岔镇上。对河高山上有个庙，庙中住下一个青年和尚，诚心苦修。寡妇因爱慕和尚，每天必借烧香之名去看看和尚，二十年如一日。和尚诚心修苦，不作理会，也同样二十年如一日。儿子长大后，慢慢地知道了这件事。儿子知道后，不敢规劝母亲，也不能责怪和尚，唯恐母亲年老眼花，一不小心就会堕入深水中淹死。又见庙宇在一个圆形峰顶，攀援实在不容易。因此特意雇一百石工，在临河悬岩上开辟一条小路，仅可容足，更找一百铁工，制就一条粗而长的铁链索，固定在上面，作为援手工具。又在两山间造一拱石头桥，上山顶庙里时就可省一大半路。这些工作进行时自己还参加，直到完成。各事完成以后，这男子就出远门走了，一去再也不回来了。

这座庙，这个桥，濒河的黛色悬崖上这条人工凿就的古怪道路，路旁的粗大铁链，都好好地保存在那里，可为过路人见到。凡上行船的纤手，还必须从这条路把船拉上滩。船上人都知道这个故事。故事虽还有另一种说法，以为一切是寡妇所修的，为的是这寡妇……总之，这是一个平常人为满足他的某种心愿而完成的伟大工程。这个人早已死了，却活在所有水上人的记忆里。传说和当地景色极和谐，美丽而微带忧郁。

沅水由沅陵下行三十里后即滩水连接，白溶、九溪、横石、青浪……就中以青浪滩最长，石头最多，水流最猛。顺流而下时，四十里水路不过二十分钟可完事，上行船有时得一整天。

青浪滩滩脚有个大庙，名伏波宫，敬奉的是汉老将马援。

行船人到此必在庙里烧纸献牲。庙宇无特点，不出奇。庙中屋角树梢栖息的红嘴红脚小小乌鸦，成千累万，遇下行船必飞往接船送船，船上人把饭食糕饼向空中抛去，这些小黑鸟就在空中接着，把它吃了。上行船可照例不光顾。虽上下船只极多，这小东西知道向什么船可发利市，什么船不打抽丰。

船夫说这是马援的神兵，为迎接船只的神兵，照老规矩，凡伤害的必赔一大小相等银乌鸦，因此从不会有人敢伤害它。

几件事都是人的事情，与人之生活不可分，却又杂糅神性和魔性。湘西的传说与神话，无不古艳动人。同这样差不多的还很多。湘西的神秘，和民族性的特殊大有关系。历史上“楚”人的幻想情绪，必然孕育在这种环境中，方能滋长成为动人的诗歌。想保存它，同样需要这种环境。

我读一本小书的同时又读一本大书

我能正确记忆到我小时候的一切，大约在两岁左右。我从小到四岁左右，始终健全肥壮如一只小豚。四岁时母亲一面教我认方字，外祖母一面便给我糖吃，到认完六百生字时，腹中生了蛔虫，弄得黄瘦异常，只得经常用草药蒸鸡肝当饭。那时节我就已跟随了两个姐姐，到一个女先生处上学。那人既是我的亲戚，我年龄又那么小，过那边去念书，坐在书桌边读书的时节较少，坐在她膝上玩的时间或者较多。

到六岁时，我的弟弟方两岁，两人同时出了疹子。时正六月，日夜总在吓人的高热中受苦。又不能躺下睡觉，一躺下就咳嗽发喘。又不要人抱，抱时全身难受。我还记得我同我那弟弟两人当时皆用竹簟卷好，同春卷一样，竖立在屋中阴凉处。家中人当时也已为我们预备了两具小小棺木，搁在廊下。十分幸运，两人到最后居然全好了。我的弟弟病后家中特别为他请了一个壮实高大的苗妇人照料，照料得法，他便壮大异常。我因此一病，却完全改了样子，从此不再与肥胖为缘，成了个小猴儿精了。

六岁时我已单独上了私塾。如一般风气，凡是老塾师在私塾中给予小孩子的虐待，我照样也得到了一份。但初上学时，我因为在家中也已认字不少，记忆力从小又似乎特别好，故比其他小孩，可谓十分幸运。第二年后换了一个私塾，在这私塾中我跟从了几个较大的学生学会了顽劣孩子抵抗顽固塾师的方法，逃避那些书本枯燥文句去同一切自然相亲近。这一年的生活，形成了我一生性格与感情的基础。我间或逃学，且一再说谎，掩饰我逃学应受的处罚。我的爸爸因这件事十分愤怒，有一次竟说若再逃学说谎，便砍去我一个手指。我仍然不为这一严厉警诫所恐吓，机会一来时总不把逃学的机会轻轻放过。当我学会了用自己眼睛看世界一切，到不同社会中去生活时，学校对于我便已毫无兴味可言了。

我爸爸平时本极爱我，我曾经有一时还做过我那一家的中心人物。稍稍害点病时，一家人便光着眼睛不睡眠，在床边服侍我，当我要谁抱时谁就伸出手来。家中那时经济情形还好，我在物质方面所享受到的，比起一般亲戚小孩似乎皆好得多。我的爸爸既一面只做将军的好梦，一面对于我却怀了更大的希望。他仿佛早就看出我不是个军人，不希望我做将军，却告给我祖父的许多勇敢光荣的故事，以及他庚子年间所得的一份经验。他因为欢喜京戏，只想我学戏，做谭鑫培。他以为我不拘做什么事，总之应比做个将军高些。第一个赞美我明慧的就是我的爸爸。可是当他发现了我成天从塾中逃出到太阳底下同一群小流氓游荡，任何方法都不能拘束这颗小小的心，且不能禁止我狡猾的说谎时，我的行为实在伤了这个军人的心。同时那小我四岁的弟弟，因为看护他的苗妇人照料十分得法，身体养育得强壮异常，年龄虽小，但显得气派宏大，凝静结实，且极自重自爱，故家中人对我感到失望时，对他便异常关切起来。这小孩子到后来也并不辜负家中人的期望，二十二岁时便做了步兵上校。至于我那个爸爸，在蒙古、东北、西藏各处军队中混过，民国二十年时还只是一个上校，在本地土著军队里做军医（**后改中医院长**），把将军希望留在弟弟身上，在家乡从一种极轻微的疾病中瞑目了。

我有了外面的自由，对于家中的爱护反觉处处受了牵制，因此家中人疏忽了我的生活时，反而似乎使我方便了好些。领导我逃出学塾，尽我到日光下去认识这大千世界微妙的光、稀奇的色以及万汇百物的动静的人是我一个张姓表哥。他开始带我到他家的橘柚园去玩，到城外山上去玩，到各种野孩子堆里去玩，到水边去玩。他教我说谎，用一种谎话对付家中，又用另一种谎话对付学塾，引诱我跟他各处跑去。即或不逃学，学塾担心学童下河洗澡，每到中午散学时，照例必在每人左手心中用朱笔写一大字，我们还依然能够一手高举，把身体泡到河水中玩个半天，这方法也亏那表哥想得出来。我感情流动而不凝固，一派清波给予我的影响实在不小。我幼小时较美丽的生活，大部分都与水不能分离。我的学校可以说是在水边的。我认识美，学会思索，水对我有极大的关系。我最初与水接近，便是那荒唐表哥带领的。

现在说来，我在孩子的时代，原本也不是个全不知自重的小孩子。我并不愚蠢。当时在一班表兄弟中和弟兄中，似乎只有我那个哥哥比我聪明，我却比其他一切孩子解事。但自从那表哥教会我逃学后，我便成为毫不自重的人了。在各样教训各样方法管束下，我不欢喜读书的性情，从塾师方面，从家庭方面，从亲戚方面，莫不对于我感觉无多希望。我的长处到那时只是种种的说谎。我非从学塾逃到外面空气下不可，逃学过后又得逃避处罚。我最先所学，同时拿来致用的，也就是根据各种经验来制作各种谎话。我的心总得为一种新鲜声音、新鲜颜色、新鲜气味而跳。我得认识本人生活以外的生活。我的智慧应当从直接生活上吸收消化，却不须从一本好书一句好话上学来。似乎就只这样一个原因，我在学塾中，逃学纪录点数，在当时便比任何一人都高。

离开私塾转入新式小学时，我学的总是学校以外的。到我出外自食其力时，又不曾在职务上学好过什么。二十岁后我“不安于当前事务，却倾心于现世光色，对于一切成例与观念皆十分怀疑，却常常为人生远景而凝眸”，这份性格的形成，便应当溯源于小时在私塾中的逃学习惯。

自从逃学成习惯后，我除了想方设法逃学，什么也不再关心。

有时天气坏一点，不便出城上山里去玩，逃了学没有什么去处，我就一个人走到城外庙里去。本地大建筑在城外计三十来处，除了庙宇就是会馆和祠堂。空地广阔，因此均为小手工业工人所利用。那些庙里总常常有人在殿前廊下绞绳子、织竹簟、做香，我就看他们做事。有人下棋，我看下棋。有人打拳，我看打拳。甚至于相骂，我也看着，看他们如何骂来骂去，如何结果。因为自己既逃学，走到的地方必不能有熟人，所到的必是较远的庙里。到了那里，既无一个熟人，因此什么事皆只好用耳朵去听，用眼睛去看，直到看无可看听无可听时，我便应当设计打量我怎么回家去的方法了。

来去学校我得拿一个书篮。内中有十多本破书，由《包句杂志》《幼学琼林》到《论语》《诗经》《尚书》，通常得背诵，分量相当沉重。逃学时还把书篮挂到手肘上，这就未免太蠢了一点。凡这么办的可以说是不聪明的孩子。许多这种小孩子，因为逃学到各处去，人家一见就认得出，上年纪一点的人见到时就会说："逃学的，赶快跑回家挨打去，不要在这里玩。"若无书篮可不必受这种教训。因此我们就想出了一个方法，把书篮寄存到一个土地庙里去，那地方无一个人看管，但谁也用不着担心他的书篮。小孩子对于土地神全不缺少必需的敬畏，都信托这木偶，把书篮好好地藏到神座龛子里去，常常同时有五个或八个，到时却各人把各人的拿走，谁也不会乱动旁人的东西。我把书篮放到那地方去，次数是不能记忆了的，照我想来，搁的最多的必定是我。

逃学失败被家中学校任何一方面发觉时，两方面总得各挨一顿打。在学校得自己把板凳搬到孔夫子牌位前，伏在上面受笞。处罚过后还要对孔夫子牌位作一揖，表示忏悔。有时又常常罚跪至一根香时间。我一面被处罚跪在房中的一隅，一面便记着各种事情，想象恰如生了一对翅膀，凭经验飞到各样动人的事物上去。按照天气寒暖，想到河中的鳜鱼被钓起离水以后拨剌的情形，想到天上飞满风筝的情形，想到空山中歌呼的黄鹂，想到树木上累累的果实。由于最容易神往到种种屋外东西上去，反而常把处罚的痛苦忘掉、处罚的时间忘掉，直到被唤起以后为止，我就从不曾在被处罚中感觉过小小冤屈。那不是冤屈。我应感谢那种处罚，使我无法同自然接近时，给我一个练习想象的机会。

家中对这件事自然照例不大明白情形，以为只是教师方面太宽的过失，因此又为我换一个教师。我当然不能在这些变动上有什么异议。这事对我说来，倒又得感谢我的家中，因为先前那个学校比较近些，虽常常绕道上学，终不是个办法，且因绕道过远，把时间耽误太久时，无可托词。现在的学校可真很远很远了，不必包绕偏街，我便应当经过许多有趣味的地方了。从我家中到那个新的学塾里去时，路上我可看到针铺门前永远必有一个老人戴着极大的眼镜，低下头来在那里磨针。又可看到一个伞铺，大门敞开，做伞时十几个学徒一起工作，尽人欣赏。又有皮靴店，大胖子皮匠在天热时总腆出一个大而黑的肚皮（**上面有一撮毛！**）用夹板绱鞋。又有个剃头铺，任何时节总有人手托一个小小木盘，呆呆地在那里尽剃头师傅刮脸。又可看到一家染坊，有强壮多力的苗人，踹在凹形石碾上面，站得高高的，手扶着墙上横木，偏左偏右地摇荡。又有三家苗人打豆腐的作坊，小腰白齿头包花帕的苗妇人，口上时时刻刻都轻声唱歌，一面引逗缚在身背后包单里的小苗人，一面用放光的红铜勺舀取豆浆。我还必须经过一个豆粉作坊，远远的就可听到骡子推磨隆隆的声音，屋顶棚架上晾满白粉条。我还得经过一些屠户肉案桌，可看到那些新鲜猪肉砍碎时尚在跳动不止。我还得经过一家扎冥器出租花轿的铺子，有白面无常鬼、蓝面阎罗王、鱼龙轿子、金童玉女。每天且可以从他那里看出有多少人接亲，有多少冥器，那些定做的作品又成就了多少、换了些什么式样。并且还常常停顿下来，看他们贴金、敷粉、涂色，一站许久。

我就欢喜看那些东西，一面看一面明白了许多事情。

每天上学时，我照例在手肘上挂了那个竹书篮，里面放十多本破书。在家中虽不敢不穿鞋，可是一出了大门，即刻就把鞋脱下拿到手上，赤脚向学校走去。不管如何，时间照例是有多余的，因此我总得绕一节路玩玩。若从西城走去，在那边就可看到牢狱，大清早若干犯人带了脚镣从牢中出来，派过衙门去挖土。若从杀人处走过，昨天杀的人还没有收尸，一定已被野狗咋碎或拖到小溪中去了，就走过去看看那个糜碎了的尸体，或拾起一块小小石头，在那个污秽的头颅上敲打一下，或用一木棍去戳戳，看看会动不动。若还有野狗在那里争夺，就预先拾许多石头放在书篮里，随手一一向野狗抛掷。不再过去，只远远地看看，就走开了。

既然到了溪边，有时候溪中涨了小小的水，就把裤管高卷，书篮顶在头上，一只手扶着，一只手照料裤子，在沿了城根流去的溪水中走去，直到水深齐膝处为止。学校在北门，我出的是西门，又进南门，再绕城里大街一直走去。在南门河滩方面我还可以看一阵杀牛，机会好时恰好正看到那老实可怜的畜生被放倒的情形。因为每天可以看一点点，杀牛的手续同牛内脏的位置不久也就被我完全弄清楚了。再过去一点就是边街，有织簟子的铺子，每天任何时节，皆有几个老人坐在门前小凳子上，用厚背的钢刀破篾，有两个小孩子蹲在地上织簟子。（这种事情在学校门边也有，我对于这一行手艺所明白的种种，现在说来似乎比写字还在行。）又有铁匠铺，制铁炉同风箱皆占据屋中，大门永远敞开着，时间即或再早一些，也可以看到一个小孩子两只手拉风箱横柄，把整个身子的分量前倾后倒，风箱于是就连续发出一种吼声，火炉上便放出一股臭烟同红光。待到把赤红的热铁拉出搁放到铁砧上时，这个小东西，赶忙舞动细柄铁锤，把铁锤从身背后扬起，在身面前落下，火花四溅地一下一下打着。有时打的是一把刀，有时打的是一件农具。有时看到的又是这个小学徒跨在一条大板凳上，用一把凿子在未淬水的刀上起去铁皮，有时又是把一条薄薄的钢片嵌进熟铁里去。日子一多，关于任何一件铁器的制造程序，我也不会弄错了。边街又有小饭铺，门前有个大竹筒，插满了用竹子削成的筷子。有干鱼同酸菜，用钵头装满放在门前柜台上，引诱主顾上门，意思好像是说："吃我，随便吃我，好吃！"每次我总仔细看看，真所谓"过屠门而大嚼"，也过了瘾。

我最欢喜天上落雨，一落了小雨，若脚下穿的是布鞋，即或天气正当十冬腊月，我也可以用恐怕湿却鞋袜为辞，有理由即刻脱下鞋袜赤脚在街上走路。但最使人开心的事，还是落过大雨以后，街上许多地方已被水所浸没，许多地方阴沟中涌出水来，在这些地方照例常常有人不能过身，我却赤着两脚故意向深水中走去。若河中涨了大水，照例上游会漂流有木头、家具、南瓜同其他东西，就赶快到横跨大河的桥上去看热闹。桥上必已经有人用长绳系了自己的腰身，在桥头上待着，注目水中，有所等待。看到有一段大木或一件值得下水的东西浮来时，就踊身一跃，骑到那树上，或傍近物边，把绳子缚定，自己便快快地向下游岸边泅去，另外几个在岸边的人把水中人援助上岸后，就把绳子拉着，或缠绕到大石上大树上去，于是第二次又有第二人来在桥头上等候。我欢喜看人在洄水里扳罾，巴掌大的活鲫鱼在网中蹦跳。一涨了水，照例也就可以看这种有趣味的事情。照家中规矩，一落雨就得穿上钉鞋，我可真不愿意穿那种笨重钉鞋。虽然在半夜时有人从街巷里过身，钉鞋的声音实在好听，大白天对于钉鞋我依然毫无兴味。

若在四月落了点小雨，山地里田塍上各处全是蟋蟀声音，真使人心花怒放。在这些时节，我便觉得学校真没有意思，简直坐不住，总得想方设法逃学上山去捉蟋蟀。有时没有什么东西安置这小东西，就走到那里去，把第一只捉到手后又捉第二只，两只手各有一只后，就听第三只。本地蟋蟀原分春秋二季，春季的多在田间泥里草里，秋季的多在人家附近石罅里瓦砾中，如今既然这东西只在泥层里，故即或两只手心各有一匹小东西后，我总还可以想方设法把第三只从泥土中赶出，看看比较手中的大些。即开释了手中所有，捕捉新的，如此轮流换去，一整天仅捉回两只小虫。城头上有白色炊烟，街巷里有摇铃铛卖煤油的声音，约当下午三点左右时，赶忙走到一个刻花板的老木匠那里去，很兴奋地同那木匠说："师傅师傅，今天可捉了大王来了！"

那木匠便故意装成无动于衷的神气，仍然坐在高凳上玩他的车盘，正眼也不看我地说："不成，不成，要打打得赌点输赢！"

我说："输了替你磨刀成不成？"

"嘻，够了，我不要你磨刀，你哪会磨刀？上次磨凿子还磨坏了我的家伙！"

这不是冤枉我，我上次的确磨坏了他一把凿子。不好意思再说磨刀了，我说："师傅，那这样办法，你借给我一个瓦盆子，让我自己来试试这两只谁能干些好不好？"我说这话时真怪和气，为的是他以逸待劳，不允许我，还是无办法。

那木匠想了想，好像莫可奈何才让步的样子："借盆子得把战败的一只给我，算作租钱。”

我满口答应：“那成那成。”

于是他方离开车盘，很慷慨地借给我一个泥罐子，顷刻之间我就只剩下一只蟋蟀了。这木匠看看我捉来的虫还不坏，必向我提议：“我们来比比。你赢了我借你这泥罐一天；你输了，你把这蟋蟀给我。办法公平不公平？”我正需要那么一个办法，连说“公平公平”。于是这木匠进去了一会儿，拿出一只蟋蟀来同我的斗，不消说，三五回合我的自然又败了。他的蟋蟀照例却常常是我前一天输给他的。那木匠看看我有点颓丧，明白我认识那匹小东西，担心我生气时一摔，一面赶忙收拾盆罐，一面带着鼓励我的神气笑笑地说：“老弟，老弟，明天再来，明天再来！你应当捉好的来，走远一点。明天来，明天来！”

我什么话也不说，微笑着，出了木匠的大门，回家了。

这样一整天在为雨水泡软的田塍上乱跑，回家时常常全身是泥，家中当然一望而知，于是不必多说，沿老例跪一根香，罚关在空房子里，不许哭，不许吃饭。等一会儿我自然可以从姐姐方面得到充饥的东西。悄悄地把东西吃下以后，我也疲倦了，因此空房中即或再冷一点，老鼠来去很多，一会儿就睡着，再也不知道如何上床的事了。

即或在家中那么受折磨，到学校去时又免不了补挨一顿板子，我还是在想逃学时就逃学，决不为处罚所恐吓。

有时逃学又只是到山上去偷人家园地里的李子枇杷，主人拿着长长的竹竿子大骂着追来时，就飞奔而逃，逃到远处一面吃那个赃物，一面还唱山歌气那主人。总而言之，人虽小小的，两只脚跑得很快，什么茨棚里钻去也不在乎，要捉我可捉不到，就认为这种事比学校里游戏还有趣味。

可是只要我不逃学，在学校里我是不至于像其他那些人受处罚的。我从不用心念书，但我从不在应当背诵时节无法对付。许多书总是临时来读十遍八遍，背诵时节却居然朗朗上口，一字不遗。也似乎就由于这份小小聪明，学校把我同一般同学一样待遇，更使我轻视学校。家中不了解我为什么不想上进，不好好地利用自己聪明用功，我不了解家中为什么只要我读书，不让我玩。我自己总以为读书太容易了点，把认得的字记记那不算什么稀奇。最稀奇处，应当是另外那些人，在他那份习惯下所做的一切事情。为什么骡子推磨时得把眼睛遮上？为什么刀得烧红时在盐水里一淬方能坚硬？为什么雕佛像的会把木头雕成人形，所贴的金那么薄又用什么方法做成？为什么小铜匠会在一块铜板上钻那么一个圆眼，刻花时刻得整整齐齐？这些古怪事情实在太多了。

我生活中充满了疑问，都得我自己去找寻解答。我要知道的太多，所知道的又太少，有时便有点发愁。就为的是白日里太野，各处去看，各处去听，还各处去嗅闻，死蛇的气味，腐草的气味，屠户身上的气味，烧碗处土窑被雨淋以后放出的气味，要我说来虽当时无法用言语去形容，要我辨别却十分容易。

蝙蝠的声音，当屠户把刀剸进一只黄牛喉中时叹息的声音，藏在田塍土穴中大黄喉蛇的鸣声，黑暗中鱼在水面拨剌的微声，全因到耳边时分量不同，我也记得那么清清楚楚。因此回到家里时，夜间我便做出无数稀奇古怪的梦。经常是梦向天上飞去，一直到金光闪烁中，终于大叫而醒。这些梦直到将近二十年后的如今，还常常使我在半夜里无法安眠，既把我带回到那个“过去”的空虚里去，也把我带往空幻的宇宙里去。

在我面前的世界已够宽广了，但我似乎就还得到一个更宽广的世界。我得用这方面得到的知识证明那方面的疑问。我得从比较中知道谁好谁坏。我得看许多，也已由于好询问别人，以及好自己幻想所感觉到的世界上的新鲜事情新鲜东西。结果能逃学时我逃学，不能逃学我就只好做梦。

照地方风气说来，一个小孩子野一点的，照例也必须强悍一点，才能各处跑去。因为一出城外，随时就会有一样东西突然扑到你身边来，或是一只凶恶的狗，或是一个顽劣的人。无法抵抗这点袭击，就不容易各处自由放荡。一个野一点的孩子，即或身边不必时时刻刻带一把小刀，也总得带一块削光的竹块，好好地插到裤带上；遇机会到时，就取出来当作武器。尤其是到一个离家较远的地方看木傀儡戏，不准备厮杀一场简直不成。你能干点儿，单身往各处去，有人挑战时，还只是一人近你身边来恶斗，若包围到你身边的顽童人数极多，你还可挑选同你精力不大相差的一人。你不妨指定其中一个说：“要打吗？你来。

我同你来。”

照规矩，到时也只那一个人拢来。被他打倒，你活该，只好伏在地上尽他压着痛打一顿。你打倒了他，他活该。把他揍够后，你可以自由走去，谁也不会追你，只不过说句“下次再来”罢了。

可是你根本上若就十分怯弱，即或结伴同行，到什么地方去时，也会有人特意挑出你来殴斗，应战你得吃亏，不答应你得被仇人与同伴两方奚落，顶不经济。

感谢我那爸爸给了我一分勇气，人虽小，到什么地方去我总不害怕。到被人围上必须打架时，我能挑出那些同我不差多少的人来，我的敏捷同机智，总常常占点上风。有时气运不佳，不小心被人摔倒，我还会有方法翻身过来压到别人身上去。在这件事上，我只吃过一次亏，不是一个小孩，却是一只恶狗，把我攻倒后，咬伤了我一只手。我走到任何地方去都不怕谁。同时因换了好些私塾，各处皆有些同学，大家既都逃过学，便有无数朋友，因此也不会同人打架了。可是自从被那只恶狗攻倒过一次以后，到如今，我却依然十分怕狗。

至于我那地方的大人，用单刀扁担在大街上决斗本不算回事。事情发生时，那些有小孩子在街上玩的母亲，只不过说：“小杂种，站远一点儿，不要太近！”嘱咐小孩子稍稍站开点儿罢了。本地军人互相砍杀虽不出奇，但行刺暗算却不作兴。这类善于殴斗的人物，有军营中人，有哥老会中老幺，有好打不平的闲汉，在当地另成一帮，豁达大度，谦卑接物，为友报仇，爱义好施，且多非常孝顺。但这类人物为时代所陶冶，到民五以后也就渐渐消灭了。虽有些青年军官还保存那点风格，风格中最重要的一点洒脱处，却为了军纪一类影响，大不如前辈了。

我有三个堂叔叔、两个姑姑都住在城南乡下，离城四十里左右。那地方名黄罗寨，出强悍的人同猛鸷的兽。我爸爸三岁时，在那里险些被老虎咬去。我四岁左右，到那里第一天，就看见四个乡下人抬着一只死虎进城，给我留下极深刻的印象。

我还有一个表哥，住在城北十里地名长宁哨的乡下，从那里再过去十来里便是苗乡。表哥是一个紫色脸膛的人，一个守碉堡的战兵。我四岁时被他带到乡下去过了三天，二十年后还记得那个小小城堡黄昏时鼓角的声音。

这战兵在苗乡有点威信，很能喊叫一些苗人。每次来城时，必为我带一只小斗鸡或一点别的东西。一来便为我说苗人故事，临走时我总不让他走。我喜欢他，觉得他比乡下叔父能干有趣。

学历史的地方

从川东回湘西后，我的缮写能力得到了一方面的认识，我在那个治军有方、足智多谋的统领官身边做书记了。薪饷仍然每月九元，却住在山上高处一个单独的新房子里。那地方是本军的会议室，有什么会议需要记录时，机要秘书不在场，间或便应归我担任。这份生活实在是我的一个转机，使我对于全个历史各时代各方面的光辉，得了一个从容机会去认识，去接近。原来这房中放了四五个大楠木橱柜，大橱里约有百来轴自宋及明清的旧画，与几十件铜器及古瓷，还有十来箱书籍，一大批碑帖，不多久且来了一部《四部丛刊》。这统领官既是个以王守仁、曾国藩自诩的军人，每个日子治学的时间，似乎便同治事时间相等，每遇取书或抄录书中某一段时，必令我去替他做好。那些书籍既各得安置在一个固定地方，书籍外边又必须做一识别，故二十四个书箱的表面、书籍的秩序，全由我去安排。旧画与古董登记时，我又得知道这一幅画的人名时代同他当时的地位，或器物名称同它的用处。全由于应用，我同时就学会了许多知识。又由于习染，我成天翻来翻去，把那些旧书大部分也慢慢地看懂了。

我的事情那时已经比我在参谋处服务时忙了些，任何时节都有事做。我虽可随时离开那会议室，自由自在到别一个地方去玩，但正当玩得十分畅快时，也会为一个差弁找回去的。军队中既常有急电或别的公文，于半夜时送来。回文如须即刻抄写时，我就随时得起床做事。但正因为把我仿佛关闭到这一个房子里，不便自由离开，把我一部分玩的时间皆加入到当中来，日子一长，我便显得过于清闲了。因此无事可做时，把那些旧画一轴一轴地取出，挂到壁间独自来鉴赏，或翻開《西清古鉴》《薛氏彝器钟鼎款识》这一类书，努力去从文字与形体上认识房中铜器的名称和价值。再去乱翻那些书籍，一部书若不知道作者是什么时代的人时，便去翻《四库提要》。这就是说，我从这方面对于这个民族在一段长长的年份中，用一片颜色、一把线、一块青铜或一堆泥土，以及一组文字，加上自己生命做成的种种艺术，皆得了一个初步普遍的认识。由于这点初步知识，使一个以鉴赏人类生活与自然现象为生的乡下人，进而对于人类智慧光辉的领会，发生了极宽泛而深切的兴味。若说这是个人的幸运，这点幸运是不得不感谢那个统领官的。

那军官的文稿，草字极不容易认识，我就从他那手稿上，望文会义地认识了不少新字。但使我很感动的，影响到一生工作的，却是当时他那种稀有的精神和人格。天未亮时起身，半夜里还不睡觉，凡事任什么他明白，任什么他懂。他自奉常常同个下级军官一样。在某一方面说来，他还天真烂漫，什么是好的他就去学习，去理解。处置一切他总敏捷稳重。由于他那份稀奇精力，筸军在湘西二十年来博取了最好的名誉，内部团结得如一片坚硬的铁、一束不可分离的丝。

到了这时我性格也似乎稍变了些。我表面生活的变更，还不如内部精神生活变动得剧烈。但在行为方面，我已经同一些老同事稍稍疏远了。有时我到屋后高山去玩玩，有时又走近那可爱的河水玩玩，总拿着一本线装书。我所读的一些旧书，差不多就完全是这段时间中奠基的。我常常躺在一片草场上看书，看厌倦时，便把视线从书本中移开，看白云在空中移动，看河水中缓缓流去的菜叶。既多读了些书，把感情弄柔和了许多，接近自然时感觉也稍稍不同了。加之人又长大了一点，也间或有些不安于现实的打算，为一些过去了的或未来的东西所苦恼，因此虽在一种极有希望的情况中过着日子，我却觉得异常寂寞。

那时节我爸爸已从北方归来，正在那个前驻龙潭的张指挥部做军医正。他们军队虽有些还在川东，指挥部已移防下驻辰州。我的母亲和最小的九妹皆在辰州同住。家中人对我前事已毫无芥蒂。我的弟弟正同我在一个部中做书记，我们感情又非常好。

我需要几个朋友，那些老朋友却不能同我谈话。我要的是一个听我陈述一份酝酿在心中十分混乱的感情的人，我要的是对这种感情的启发与疏解，熟人中可没有这种人。可是不久却有个人来了，是我的一个姨父。这人姓聂，与熊希龄是同科的进士，上一次从桃源同我搭船上行的表弟便是他的儿子。这人是那统领官的先生，从一个县长任上卸职，一来时被接待住在对河的一个庙里，地名狮子洞。其人知识极博，而且非常有趣味，我便常常过河去听他谈宋元哲学，谈大乘，谈因明，谈进化论，谈一切我所不知道却乐意知道的种种问题。这种谈话显然也使他十分快乐，因此每次所谈时间总很长很久。但这么一来，我的幻想更宽，寂寞自然也就更大了。

我总仿佛不知道应怎么办就更适当一点。我总觉得有一个目的、一件事业，让我去做，这事情是合于我的个性，且合于我的生活的。但我不明白这究竟是什么事业，又不知用什么方法即可得来。

当时的情形，在老朋友中只觉得我古怪一点，老朋友同我玩时也不大玩得起劲了。觉得我不古怪，且互相有很好友谊的，只四个人：一个满振先，读过《曾文正公全集》，只想做模范军人；一个陆弢，侠客的崇拜者；一个田杰，就是我小时候在技术班的同学，第一次得过兵役名额的美术学校学生，心怀大志的角色。这三人当年纪轻轻的时节，便一同徒步从黔省到过云南，又徒步过广东，又向西从宜昌徒步直抵成都。还有一个回教徒郑子参，从小便和我在小学里念书，我在参谋处办事时节，便同他在一个房子里住下。平常人说的多是“幼有大志，投笔从戎”，我们当时却多是从戎而无法用笔的人。我们总以为目前这一份生活不是我们的生活。目前太平凡、太平安。我们要冒点险去做一件事，不管所做的是一件如何小事，当我们未明白以前，总得让我们去挑选，不管到头来如何不幸，我们总不埋怨这命运。因此到后来姓陆的就因泅水淹毙在当地大河里。姓满的做了小军官，在广西江西各处打仗，民十八在桃源县被捷克式自动步枪打死了。姓郑的从黄埔四期毕业，在东江作战以后，也消失了。姓田的从军官学校毕业做了连长，现在还是连长。我就成了如今的我。

我们部队既派遣了一个部队过川东作客，本军又多了一个税收局卡，给养也充足了些。那时候军阀间暂时休战，联省自治的口号喊得极响，“兵工筑路垦荒”“办学校”“兴实业”，几个题目正给许多人在京、沪及各省报纸上讨论。那个统领官既力图自强，想为地方做点事情，因此参考山西省的材料，亲手草了一个湘西各县自治的计划，召集了几度县长与乡绅会议，计划把所辖十三县划成一百余乡区，试行湘西乡自治。草案经过各县区代表商定后，一切照决议案着手办去。不久就在保靖地方设立了一个师范讲习所、一个联合模范中学、一个中级女学、一个职业女学、一个模范林场，另外还组织了六个小工厂。本地又原有一个军官学校、一个学兵教练营，再加上六千左右的军农队。学校教师与工厂技师，全部由长沙聘来，一般薪水都比本地待遇高些。因此地方就骤然有了一种崭新的气象。此外，为促进乡治的实现与实施，还筹备了一个定期刊物，置办了一部大印报机，设立了一个报馆。这报馆首先印行的便是乡治条例与各种规程。文件大部分由那统领官亲手草成，乡代表审定通过，由我在石印纸上用胶墨写过一次，现在既得用铅字印行，一个最合理想的校对，便应当是我了。我于是暂时调到新报馆做了校对，部中有文件抄写时，便又转回部中。从市街走两地相距约两里，从后山走稍近，我为了方便，时常从那埋葬小孩坟墓上蹲满野狗的山地走过，每次总携一个大棒。

滕回生堂的今昔

我六岁左右时害了痞疾，一张脸黄姜姜的，一出门身背后就有人喊“猴子猴子”。回过头去搜寻时，人家就咧着白牙齿向我发笑。扑拢去打吧，人多得很，装作不曾听见吧，那与本地人的品德不相称。我很羞愧，很生气。家中外祖母听从庸妇、挑水人、卖炭人与隔邻轿行老妇人出的主意，于是轮流要我吃热灰里焙过的“偷油婆”、“使君子”、吞雷打枣子木的炭粉、黄纸符烧的灰渣等诸如此类药物，另外还逼我诱我吃了许多古怪东西。我虽然把这些很稀奇的丹方试了又试，蛔虫成绞成团地排出，病还是不得好，人还是不能够发胖。照习惯说来，凡为一切药物治不好的病，便同“命运”有关。家中有人想起了我的命运，当然不乐观。

关心我命运的父亲，有一天特别请了一个卖卜算命的土医生来为我推算流年，想法禳解命根上的灾星。这算命人把我生辰干支排定后，就向我父亲建议：“大人，少爷属双虎，命大，把少爷拜给一个吃四方饭的人作干儿子，每天要他吃习皮草蒸鸡肝，半年包你病好。病不好，把我回生堂牌子甩了丢到长河潭里去！”

父亲既是个军人，毫不迟疑地回答说：“好，就照你说的办。不用找别人，今天日子好，你留在这里喝酒，我们打了干亲家吧。”

两个爽快单纯的人既同在一处，我的“命运”便被他们派定了。

一个若不明白我那地方的风俗的人，对我父亲的慷慨处会觉得稀奇。其实这算命的当时若说：“大人，把少爷拜寄给城外硐堡旁大冬青树吧。”我父亲还是会照办的。 株树或 片古怪石头，收容三五十个干儿子，照本地风俗习惯，原是件极平常事情。且有人拜寄牛栏或拜寄井水，人神同处，日子竟过得十分调和，毫无龃龉。

我那干爹除了算命卖卜以外，原来还是个出名的草头医生，又是个拳棒家。尖嘴尖脸如猴子，一双黄眼睛炯炯放光，身材虽极矮小，实可谓心雄万夫。他把铺子开设在一城热闹中心的东门桥头上，字号名“滕回生堂”。那长桥两旁一共有二十四间铺子，其中四间正当桥垛墩，比较宽敞，许多年以前，他就占了有垛墩的一间。住处分前后两进，前面是药铺，后面住家。铺子中罗列有穿山甲、羚羊角、马蜂窠、猴头、虎骨、牛黄、狗宝，无一不备。最多的还是那几百种草药，成束成把的草根本皮堆积如山，一屋中也就长年为草药蒸发的香味所笼罩。

铺子里间房子窗口临河，可以俯瞰河里来去的柴炭船、米船、甘蔗船。河身下游约半里，有了转折，因此迎面对窗便是一座高山，那山头春夏之际作绿色，秋天作黄色，冬天为烟雾包裹时作蓝色，为雪遮盖时只一片眩目白色。屋角隅陈列了各种武器，有青龙偃月刀、齐眉棍、连枷、钉耙。此外还有一个似桶非桶似盆非盆的东西，原来这是我那干爹年轻时习站功所用的宝贝。他学习拉弓，想把腿脚姿势弄好，每个晚上便蜷伏到那木桶里去熬夜。想增加气力，每早从桶中爬出时还得吃一条黄鳝的鲜血。站了木桶两整年，吃了数百条黄鳝，临应考时，却被一个习武的仇人摘发他身份不明，取消了考试资格。他因此气得离开了家乡，来到武士荟萃的凤凰县卖卜行医。为人既爽直慷慨，且能喝酒划拳，极得人缘，生涯也就不恶。做了医生还舍不得把那个木桶丢开，可想见他还不能对那宝贝忘情。

他家中有个太太、两个儿子，太太大约一年中有半年皆把手从大袖筒缩到衣里去，藏了个小火笼在衣里烘烤，眯着眼坐在药材中，简直是一只大猫。两个儿子大的学习料理铺子，小的上学读书。两个老夫妇住在屋顶，两个儿子住在屋下层桥墩上。地方虽不宽绰，那里也用木板夹好，有小窗小门，不透风，有光线且异常良好。桥墩尖劈形处，石罅里有一架老葡萄树，得天独厚，每年皆可结许多球葡萄。另外还有一些小瓦盆，种了牛膝、三七、铁钉台、隔山消等草药。尤其古怪的是一种名为“罂粟”的草花，还是从云南带来的，开着艳丽煜目的红花，花谢后枝头缀了绿色果子，果子里据说就有鸦片烟。当时本县还不会种鸦片烟，烟土全是云南、贵州来的。

当时一城人谁也没见过这种东西，因此常常有人老远跑来参观。当地一个拔贡还做了两首七律诗，赞咏那个稀奇少见的植物，把诗贴到回生堂武器陈列室板壁上。

桥墩离水面高约四丈，下游即为一潭，潭里多鲤鱼鳜鱼。两兄弟把长绳系个钓钩，挂上一片肉，夜里垂放到水中去，第二天拉起就常常可以得一尾大鱼。但我那干爹却不许他们如此钓鱼，以为那么取巧，不是一个男子汉所当为。虽然那么骂儿子，有时把钓来的鱼不问死活依然掷到河里去，有时也会把鱼煎好来款待客人。他常奖励两个儿子过教场去同兵将子弟寻衅打架，大儿子常常被人打得头破血流回来时，做父亲的一面为他敷那秘制药粉，一面就说："不要紧，不要紧，三天就好了。你怎么不照我教你的那个方法把那苗子[①]放倒？"说时有点生气了，就在儿子额角上一弹，加上一点惩罚，看他那神气，就可明白站木桶考武秀才被屈，报仇雪耻的意识还存在。

我得了这样一个干爹，我的命运自然也就添了一个注脚，便是"吃药"了。我从他那儿大致尝了一百样以上的草药。假若我此后当真能够长生不老，一定便是那时吃药的结果。我倒应当感谢我那个命运，从一分吃药的经验里，因此分别得出许多草药的味道、性质以及它的形状，且引起了我此后对于辨别草木的兴味。其次是我吃了两年多鸡肝。这一堆药材同鸡肝，

① 苗子：湘西地方对苗族人的轻蔑称呼。

很显然的，对于此后我的体质同性情都大有影响。

那桥上有洋广杂货店，有猪牛羊屠户案桌，有炮仗铺与成衣铺，有理发馆，有布号与盐号。我既有机会常常到回生堂去看病，也就可以同一切小铺子发生关系。我很满意那个桥头，那是一个社会的雏形，从那方面我明白了各种行业，认识了各样人物，凸了个大肚子、胡须满腮的屠户，站在案桌边，扬起大斧“嚓”的一砍，把肉剁下后随便一称，就猛向人菜篮中掼去，那神气真够神气。平时以为这人一定极其凶横蛮霸，谁知他每天拿了猪脊髓过回生堂来喝酒时，竟是个异常和气的家伙。其余如剃头的、缝衣的，我同他们认识以后，看他们工作，听他们说些故事新闻，也无一不是很有意思。我在那儿真学了不少东西，知道了不少事情。所学所知比从私塾里得来的书本知识当然有趣得多，也有用得多。

那些铺子一到端午时节，就如我写《边城》故事的那个情形，河下竞渡龙船，从桥洞下来回过身时，桥上人皆用叉子，挂了小百子鞭炮悬出吊脚楼，噼噼啪啪地响着。夏天河中涨了水，一看上游流下了一只空船、一匹牲畜、一段树木，这些小商人为了好义或好利的原因，必争着很勇敢地从窗口跃下，浮水去追赶那些东西。不管漂流多远，总得把那东西救出。关于救人的事我那干爹总不落人后。

他只想亲手打一只老虎，但得不到机会。他说他会点血[①]但从不见他点过谁的血。

民国二十二年旧历十二月十九，我同那座人桥分别已将近十八年，我又回到了那个桥头了。这是我的故乡，我的学校，试想想，我当时心中怎样激动！离城二十里外我就见着了那条小河，傍着小河溯流而上，沿河绵亘数里的竹林，发蓝垒翠的山峰，白白的阳光下的造纸坊与制糖坊，水磨与水车，这些东西使我感动得真厉害！后来在一个石头碉堡下，我还看到一个穿号褂的团丁，送了个头裹白孝布的青年妇人过身。那黑脸小嘴高鼻梁的青年妇人，使我想起我写的《凤子》故事中的角色。她没有开口唱歌，然而一看却知道这妇人的灵魂是用歌声喂养长大的。我已来到我故事中的空气里了，我有点发痴，环境空气我似乎十分熟悉，事实上一切都已十分陌生。

见大桥时约在下午两点左右，正是市面顶热闹的时节。我从一群苗人一群乡下人中挤上了大桥，各处搜寻没有发现“滕回生堂”的牌号。回转家中我并不提起这件事。第二天一早，我得了出门的机会，就又跑到桥上去，排家注意，在桥头南端，被我发现了一家小铺子。铺子中堆满了各样杂货，货物中坐定了一个瘦小如猴干瘪瘪的中年人。从那双眯得极细的小眼睛，我记起了我那个干妈。这不是我那干哥哥是谁？

---

① 点血：疑为点穴。

我冲近他摊子边时，那人就说："唉，你要什么？"

"我要问你一个人，一件事，你是不是松林？"

里间孩子哭起来了，顺眼望去，杂货堆里那个圆形大木桶里面，正睡了一对大小相等仿佛孪生的孩子。我万想不到圆木桶还有这种用处。我话也说不来了。

但到后面我告给他我是谁，他把小眼睁愣着瞅了我许久，一切弄明白后，便慌张得只是搓手擢舌头，赶忙让我坐到一捆麻上去。

"是你！是茂林！……""茂林"是干爹给我取的名字。

我说："大哥，正是我！我回来了！老人家呢？"

"五年前早过世了！"

"嫂嫂呢？"

"六月里过去了！剩下两只小狗。"

"保林二哥呢？"

"他在辰州你不见到他？他做了王村禁烟局长，有出息，讨了个乖巧屋里人，乡下买得七十亩田，做员外！"

我各处一看，卦桌不见了，横招不见了，触目全是草药："你不算命了吗？"

"命在这个人手上。"他说时翘起一个大拇指，"这里人已没有命可算！"

"你不卖药了吗？"

"城里有四个官药铺、三个洋药铺。苗人都进了城，卖草药人多得很，生意不好做！”

他虽说不卖药了，小屋子里其实还有许多成束成捆的草药。而且恰好这时就有个兵士来买“一点白”。把药找出给人后，他只捏着那两枚一百的铜圆，同我呆呆地笑。大约来买药的也不多了，我来此给他开了一个利市。

他一面茫然地这样那样数着老话，一面还尽瞅着我。忽然发问：“你从北平来南京来？”

“我在北平做事！”

“做什么事？在中央，在宣统皇帝手下？”

我就告诉他既不在中央，也不是宣统手下。他只做成相信不过的神气，点着头，且极力退避到屋角隅去，俨然为了安全非如此不成。他心中一定有一个新名词作祟，“你可是个共产党？”他想问却不敢开口，他怕事。他只轻轻地自言自语说：“城里前年杀了两个，一刀一个。那个韩安世是韩老丙儿子。”

有人来购买烟签，他便指点人到对面铺子去买。我问他这桥上铺子为什么都改成了住家户。他就告我，这桥上一共有十家烟馆，十家烟馆里还有三家可以买黄吗啡。此外又还有五家卖烟具的杂货铺。

一出铺子到城边时，我就碰着一个烟帮过身，两连护送兵各背了本地制最新半自动步枪，人马成一支长长队伍，共约三百二十余担黑货，全是从贵州来的。

我原本预备第二天过河边为这长桥摄一个影，留个纪念，一看到桥墩，想起十七年前那钵罂粟花，且同时想起目前那十家烟馆五家烟具店，这桥头的今昔情形，把我照相的勇气同兴味全失去了。

一九三四年十二月作

第二辑

湘行散记

在桃源

三三：

我已到了桃源，车子很舒服。曾姓朋友送我到了地，我们便一同住在一个卖酒曲子的人家，且到河边去看船，见到一些船，选定了一只新的，言定十五块钱，晚上就要上船的。我现在还留在卖酒曲人家，看朋友同人说野话。我明天就可上行。我很放心，因为路上并无什么事情。很感谢那个朋友，一切得他照料， 使这次旅行又方便又有趣。

我有点点不快乐处，便是路上恐怕太久了点。听船上人说至少得四天方可到辰州[①]，也许还得九天方到家，这分日子未免使我发愁。我恐怕因此住在家中就少了些日子。但我又无办法把日子弄快一点。

我路上不带书，可是有一套彩色蜡笔，故可以作不少好画。照片预备留在家乡给熟人照相，给苗老咪照相，不能在路上糟蹋，故路上不照相。

三三，乖一点，放心，我一切好！我一个人在船上，看什

---

① 辰州即沅陵。

么总想到你。

我到这里还碰到一个老同学，这老同学还是我廿年前在一处读书的。

二哥

十二日下午五时

在路上我看到个帖子很有趣：

立招字人钟汉福，家住白洋河文昌阁大松树下右边，今因走失贤媳一枚，年十三岁，名曰金翠，短脸大口，一齿凸出，去向不明。若有人寻找弄回者，赏光洋二元，大树为证，决不吃言。谨白。

三三：我一个字不改写下来给你瞧瞧，这人若多读些书，一定是个大作家。

一九三四年一月十二日

桃源与沅州

全中国的读书人，大概从唐朝以来，命运中注定了应读一篇《桃花源记》，因此把桃源当成一个洞天福地。人人皆知道那地方是武陵[①]渔人发现的，有桃花夹岸，芳草鲜美。远客来到，乡下人就杀鸡温酒，表示欢迎。乡下人都是避秦隐居的遗民，不知有汉朝，更无论魏晋了。千余年来读书人对桃源的印象，既不怎么改变，所以每当国体衰弱发生变乱时，想做遗民的必多，这文章也就增加了许多人的幻想，增加了许多人的酒量。至于住在那儿的人呢，却无人自以为是遗民或神仙，也从不会有人遇着遗民或神仙。

桃源洞离桃源县二十五里。从桃源县坐小船沿沅水上行，船到白马渡时，上南岸走去，忘路之远近乱走一阵，桃花源就在眼前了。那地方桃花虽不如何动人，竹林却很有意思，如椽如柱的大竹子，随处皆可发现前人用小刀刻画留下的诗歌。新派学生不甘自弃，也多刻下英文字母的题名。竹林里间或潜伏一二翦径壮士，待机会霍地从路旁跃出，仿照《水浒传》上英

---

① 武陵：今湖南常德市，汉置武陵郡于此，因以名。

雄好汉行为，向游客发个利市，来个措手不及，不免吃点小惊。桃源县城则与长江中部各小县城差不多，一入城门最触目的是推行印花税与某种公债的布告。城中有棺材铺官药铺，有茶馆酒馆，有米行脚行，有和尚道士，有经纪媒婆。庙宇祠堂多数为军队驻防，门外必有个武装同志站岗。土栈烟馆既照章纳税，就受当地军警保护，代表本地的出产，边街上有几十家玉器作坊，用珉石染红着绿，琢成酒杯笔架等物，货物品质平平常常，价钱却不轻贱。另外还有个名为“后江”的地方，住下无数公私不分的妓女，很认真经营她们的业务。有些人家在一个菜园平房里，有些却又住在空船上，地方虽脏一点儿倒富有诗意。这些妇女使用她们的下体，安慰军政各界，且征服了往还沅水流域的烟贩、木商、船主，以及种种因公出差的过路人。她们挖空了每个顾客的钱包，维持许多人生活，促进地方的繁荣。一县之长照例是个读书人，从史籍上早知道这是人类一种最古的职业，没有郡县以前就有了它们，取缔既与“风俗”不合，且影响到若干人生活，因此就很正当地定下一些规章制度，向这些人抽收一种捐税（并采取了个美丽名词叫作“花捐”），把这笔款项用来补充地方行政，保安或城乡教育经费。

桃源既是个有名的地方，每年自然就有许多“风雅”人，心慕古桃源之名，二三月里携了《陶靖节集》与《诗韵集成》等参考资料和文房四宝，来到桃源县访幽探胜。这些人往桃源洞赋诗前后，必尚有机会过后江走走。由朋友或专家引导，这家那家坐坐，烧盒烟，喝杯茶。看中意某一个女人时，问问行市，花个三元五元，便在那万人用过的花板床上，压着那可怜妇人的胸膛放荡一夜。于是记游诗上多了几首无题艳遇诗，把“巫峡神女[①]”“汉皋解珮[②]”“刘阮天台[③]”等典故，一律被引用到诗上去。看过了桃源洞，这人平常若是很谨慎的，自会觉得应当即早过医生处走走，于是匆匆地回家了，至于接待过这种外路“风雅”人的神女呢，前一夜也许陆续接待过了三个麻阳船水手，后一夜又得陪伴两个贵州省牛皮商人。这些妇人照例说不定还被一个散兵游勇、一个县公署执达吏、一个公安局书记，或一个当地小流氓长时期包定占有，客来时那人往烟馆过夜，客去时再回到妇人身边来烧烟。

妓女的数目占城中人口比例不小。因此仿佛有各种原因，她们的年龄都比其他大都市更无限制。有些人年在五十以上，还不甘自弃，同十六七岁孙女辈行来参加这种生活斗争，每日轮流接待水手同军营中伙夫。也有年纪不过十三四岁，乳臭尚未脱尽，便在那儿服侍客人过夜的。

她们的技艺是烧烧鸦片烟，唱点流行小曲，若来客是粮

---

① 巫峡神女：相传为炎帝女，葬巫山之阳。这里当指楚怀王游于高唐，昼寝，梦与神遇，自称巫山神女，王因幸之事。

② 汉皋解珮：汉皋，地名，在湖北襄阳西北。汉皋解珮，指《列仙传》叙郑交甫此地遇二仙女，见而悦之，下请其珮，二女解珮与交甫事。

③ 刘阮天台：指传说中东汉人刘晨、阮肇入天台山遇二仙女事。

子上跑四方人物，还得唱唱军歌党歌，和时下电影明星的流行歌曲，应酬应酬，增加兴趣。她们的收入有些一次可得洋钱二三十，有些一整夜又只得一块八毛。这些人有病本不算一回事。实在病重了，不能做生意挣饭吃，间或就上街走到西药房去打针，六零六三零三扎那么几下，或请走方郎中配副药，朱砂茯苓乱吃一阵，只要支持得下去，总不会坐下来吃白饭。直到病倒了，毫无希望可言了，就叫毛伙用门板抬到那类住在空船中孤身过日子的老妇人身边去，尽她咽最后那一口气。死去时亲人呼天抢地哭一阵，罄所有请和尚安魂念经再托人赊购副四合头棺木，或借"大加一[①]"买副薄薄板片，土里一埋也就完事了。

桃源地方已有公路，直达号称湘西咽喉的武陵（常德），每日都有八辆十辆新式载客汽车，按照一定时刻在公路上奔驰，距常德约九十里，车票价钱一元零。这公路从常德且直达湖南省会的长沙，汽车路程约四小时，车票约六元。公路通车时，有人说这条公路在湘省经济上具有极大意义，意思是对于黔省出口特货[②]运输可方便不少。这人似乎不知道特货过境每次必三百担五百担，公路上一天不过十几辆汽车来回，若非特货再加以精制，每天能运输多少？关于特货的精制，在各省严厉禁

① 大加一：一种月息为百分之十的高利贷。

② 特货：指鸦片烟。

烟宣传中，平民谁还有胆量来做这种非法勾当，假若在桃源县某种铺子里，居然有人能够设法购买一点黄色粉末药物，作为谈天口气，随便问问，就会弄明白那货物的来源是有来头的。信不信由你，大股东中大头脑有什么“龄”字辈、“子”字辈，还有沿江之督办、上海之闻人。且明白出产地并不是桃源县城，沿江上行五十多里，有二十部机器日夜加工，运输出口时或用轮船直往汉口，却不需借公路汽车转运长沙。

真可称为桃源名产值得引人注意却照例不及注意的，是家鸡同鸡卵，街头巷尾无处不可以发现这种冠赤如火、庞大庄严的生物，经常有重达一二十斤的。凡过路人初见这地方鸡卵，必以为鸭卵或鹅卵。其次，桃源有一种小划子，轻捷、稳当、干净，在沅河中可称首屈一指。一个外省旅行者，若想到湘西的永绥[①]、乾城[②]、凤凰研究湘边苗族的分布状况，或想到湘西往四川的酉阳、秀山调查桐油的生产，往贵州的铜仁调查朱砂水银的生产，往玉屏调查竹料种类，注意造箫制纸的手工业生产情况，皆可在桃源县魁星阁下边，雇妥那么一只小船，沿沅河溯流而上，直达目的地，到地时取行李上岸落店，毫无何等困难。

一只桃源小划子上只能装载一二客人。照例要个舵手，管

---

① 永绥：县名，即今湖南花垣县。

② 乾城：即乾州，今属湖南吉首市。

理后艄，调动船只左右。张挂风帆，松紧帆索，捕捉河面，山谷中的微风；放缆拉船，量渡河面宽窄与河流水势，伸缩竹缆。另外还要个拦头工人，上滩下滩时看水认容口，出事前提醒舵手躲避石头、恶浪与泳流，出事后点篙子需要准确、稳重，这种人还要有胆量、有气力、有经验，张帆落帆都得很敏捷地及时拉桅下绳索。走风船行如箭时，便蹲坐在船头上吆喝呼啸，嘲笑同行落后的船只。自己船只落后被人嘲笑时，还要回骂；人家唱歌也得用歌声作答。两船相碰说理时，不让别人占便宜。动手打架时，先把篙子抽出拿在手上，船只逼入急流乱石中，不问冬夏，都得敏捷而勇敢地脱光衣裤，向急流中跳去，在水里尽肩背之力使船只离开险境，掌舵的因事故不能尽职，就从船顶爬过船尾去，做个临时舵手。船上若有小水手，还应事事照料小水手，指点小水手。更有一份不可推却的职务，便是在一切过失上，应与掌舵的各据小船一头，相互辱宗骂祖，继续使船前进。小船除此两人以外，尚需要个小水手居于杂务地位，淘米、烧饭、切菜、洗碗，无事不做。行船时应荡桨就帮同荡桨，应点篙就帮同持篙。这种小水手大部在学习期间，应处处留心，取得经验同本领。除了学习看水、看风、记石头、使用篙桨以外，也学习挨打挨骂。尽各种古怪稀奇字眼儿成天在耳边反复响着，好好地保留在记忆里．将来长大时再用它来辱骂旁人。上行无风吹，一个人还负了纤板，曳着一段竹缆，在荒凉河岸小路上拉船前进。小船停泊码头边时，又得规规矩矩守船。关于他们的经济情势，舵手多为船家长年雇工，平均算来合八分到一角钱一天。拦头工有长年雇定的，人若年富力强多经验，待遇同掌舵的差不多。若只是短期包来回，上行平均每天可得一毛或一毛五分钱，下行则尽义务吃白饭而已。至于小水手，学习期限看年龄同本事来，有些人每天可得两分钱作零用，有些人在船上三年五载吃白饭。上滩时一个不小心，闪不知被自己手中的竹篙弹入乱石激流中，泅水技术又不在行，在水中淹死了，船主方面写得有字据，生死家长不能过问。掌舵的把死者剩余的一点儿衣服交给亲长，说明白落水情形后，烧几百钱纸，手续便清楚了。

一只桃源划子，有了这样三个水手，再加上一个需要赶路、有耐心、不嫌孤独，能花个二十三十的乘客，这船便在一条清明透澈的沅水上下游移动起来了。在这条河里在这种小船上做乘客，最先见于记载的一人，应当是那疯疯癫癫的楚逐臣屈原。在他自己的文章里，他就说道："朝发枉渚兮，夕宿辰阳。"若果他那文章还值得称引，我们尚可以就"沅有芷兮澧有兰"与"乘舲上沅"这些话，估想他当年或许就坐了这种小船，溯流而上，到过出产香草香花的沅州[①]。沅州上游不远有个白燕溪，小溪谷里生长芷草，到如今还随处可见，这种兰科植物生根在悬崖罅隙间，或蔓延到松树枝椏上，长叶飘拂，花朵下垂

① 沅州：即芷江。

成一长串，风致楚楚。花叶形体较建兰柔和，香味较建兰淡远。游白燕溪的可坐小船去，船上人若伸手可及，多随意伸手摘花，顷刻就成一束。若崖石过高，还可以用竹篙将花打下，尽它堕入清溪徊流里，再用手去溪里把花捞起。除了兰芷以外，还有不少香草香花，在溪边崖下繁殖。那种黛色无际的崖石，那种一丛丛幽香炫目的奇葩，那种小小洄旋的溪流，合成一个如何不可言说，迷人心目的圣境！若没有这种地方，屈原便再疯一点，据我想来他文章未必就能写得那么美丽。

什么人看了我这个记载，若神往于香草香花的沅州，居然从桃源包了小船，过沅州去，希望实地研究解决《楚辞》上几个草木问题。到了沅州南门城边，也许无意中会一眼瞥见城门上有一片触目黑色。因好奇想明白它，一时可无从向谁去询问。他所见到的只是一片新的血迹，并非什么古迹。大约在清党①前后，有个晃州姓唐的青年，北京农科大学毕业生，在沅州、晃州两县，用党务特派员资格，率领了两万以上四乡农民和青年学生，肩持各种农具，上城请愿。守城兵先已得到长官命令，不许请愿群众进城。于是双方自然而然发生了冲突。一面是旗帜、木棒、呼喊与愤怒，一面是居高临下、一尊机关枪同十支步枪。街道既那么窄，结果站在最前线上的特派员同四十多个青年学生与农民，便全在城门边牺牲了。其余农民一看情形不

① 清党：指1927年国民党“清党”事件。

对，抛下农具四散跑了。那个特派员的身体，于是被兵士用刺刀钉在城门木板上示众三天。三天过后，便连同其他牺牲者，一齐抛入屈原所称赞的清流里喂鱼吃了。几年来，本地人在内战反复中被派捐拉夫，在应付差役中把日子混过去，大致把这件事也慢慢地忘掉了。

桃源小船载到沅州府，舵手把客人行李扛上岸，讨得酒钱回船时，这些水手必乘兴过南门外皮匠街走走。那地方同桃源的后江差不多，住下不少经营最古职业的人物[①]。地方既非商埠，价钱可公道一些。花五角钱关一次门，上船时还可以得一包黄油油的上净丝烟，那是十年前的规矩。照目前百物昂贵情形想来，一切当然已不同了，出钱的花费也许得多一点，收钱的待客也许早已用“美丽牌”代替“上净丝”了。

或有人在皮匠街蓦然间遇见水手，对水手发问：“弄船的，‘肥水不落外人田’，家里有的你让别人用，用别人的你还得花钱，这上算吗？”

那水手一定会拍着腰间麂皮抱兜，笑眯眯地回答说：“大爷，‘羊毛出在羊身上’，这钱不是我桃源人的钱，上算的。”

他回答的只是后半截，前半截却不必提。本人正在沅州，离桃源远过六七百里，桃源的那一个他管不着。

便因为这点哲学，水手们的生活，比起“风雅人”来似乎

---

① 此处指妓女。

也洒脱多了。若说话不犯忌讳，无人疑心我“袒护无产阶级”，我还想说，他们的行为，比起那些读了些“子曰”，带了五百家香艳诗去桃源寻幽访胜、过后江讨经验的“风雅人”来，也实在还道德得多。

一九三五年三月北平大城中

泊曾家河

——三三专利读物

我的小船已泊到曾家河。在几百只大船中间这只船真是个小物件。我已吃过了夜饭，吃的是辣子、大蒜、豆腐干。我把好菜同水手交换素菜，交换后真是两得其利。我饭吃得很好。吃过了饭，我把前舱缝缝罅用纸张布片塞好，再把后舱用被单张开，当成幔子一挂，且用小刀将各个通风处皆用布片去扎好，结果我便有了间“单独卧房”了。

你只瞧我这信上的字写得如何整齐，就可知船上做事如何方便了。我这时倚在枕头旁告你一切，一面写字，一面听到小表嘀嘀嗒嗒，且听到隔船有人说话，岸上则有狗叫着。我心中很快乐，因为我能够安静同你来说话！

说到“快乐”时我又有点不足了，因为一切纵妙不可言，缺少个你，还不成的！我要你，要你同我两人来到这小船上，才有意思！

我感觉得到，我的船是在轻轻地、轻轻地在摇动。这正同摇篮一样，把人摇得安眠，梦也十分和平。我不想就睡。我应当痴痴地坐在这小船舱中，且温习你给我的一切好处。三三，这时节还只七点三十分，说不定你们还刚吃饭！

我除了夸奖这条河水以外真似乎无话可说了。你来吧，梦里尽管来吧！我先不是说冷吗？放心，我不冷的。我把那头用布拦好后，已很暖和了。这种房子真是理想的房子，这种空气真是标准空气。可惜得很，你不来同我在一处！

我想睡到来想你，故写完这张纸后就不再写了。我相信你从这纸上也可以听到一种摇橹人歌声的，因为这张纸差不多浸透了好听的歌声！

你不要为我难过，我在路上除了想你以外，别的事皆不难过的。我们既然离开了，我这点难过处实在是应当的、不足怜悯的。

二哥

一九三四年一月十三日第二信

一月十三下八时

泊兴隆街

船停到一个地方，名“兴隆街”，高山积雪同远村相映照，真是空前的奇观。我想拿相匣子上去照一个相，却因为毛毛雨落个不停，只好不上岸了。这时还只三点四十分，一时不及断黑，雪不落却落小雨。我冷得很，但手并不木僵。南方的冷与北方不同，南方的冷是湿的，有点讨厌的。穿衣多也无用处，烤火也无用处。

我们的小船因为煮饭吃，弄得满船全是烟子，我担心我的眼睛会为烟子熏坏。如今便是在烟里写这个信的。一面写信，一面依然可以听麻阳人船上的橹歌。船走得太慢，这日子可不好过。上面的人不把日子当数，行船人尤其不明白日子的意义。天气既那么冷，我也不好说话。但多捱一天，在上面住的日子就扣去一天，你说，我多难受。我还得告你，今天是我的生日！这个生日可过得妙，坐在一只小船上来想念你们，你们若算着日子，也一定想得起今天是我生日！ 我想同你说话，却办不到，我想同大家笑笑，也办不到。我只有同水手谈话，问长问短，弄得他们哈哈大笑。我还为他们称三斤肉吃。但他们全不知道我如何发急，如何想我的行程。我还想自己照个小相，也无法照。

我不知道怎么办就好一点。实在不知道怎么办。

三三，你只看我信写得如何乱，你就会明白我的心如何乱了。我不想写什么，不想说什么。我手冷得很，得你用手来捏才好……这长长的日子，真不好对付！我书又太带少了，画画的纸又不合用，天气又坏，要照相不便照相。我只好躲在舱中，把纸按在膝上，来为你写信。三三，我现在方知道分离可不是年轻人的好玩意儿。当时我们弄错了，其实要来便得全来，要不来就全不来。你只瞧，如今还只是四分之一的别离，已经挡不住了，还有廿天，这廿天怎么办？！

一九三四年一月十四日第二信
十四下四点三十分

水手们

——三三专利读物

天气真冷。昨晚船歇到曾家河，睡得不好，醒了许多次，全是冷醒的。醒了以后就有许久不能再睡去，常常擦自来火看小表的时间。皮袍子全搭到上面还不济事，我悔当时不肯带褥子来。

睡不着时我就心想：若落点雪多好。照南方规矩，天太冷了必落雪，一落了雪天就暖和了。天亮时船篷沙沙地响，有人说“落了雪”，我忘了天气，只描摹那雪景。到后天已大亮时，看看雪已落了很多。气候既不转好，各个船又不能开动，你想，半路上停顿下来多急人。这样蹲下去两头无着，我是受不了的。我的船既是包定的，我的日子又有限度，不开船可不行！故我为他们称几斤鱼，这几斤鱼把船弄活动了，这时节的船，已离开原泊地方二十多里了。天气还是极冷，船仍然在用篙桨前进，两岸全是白色，河水清明如玉。一切都好得很！我要你！倘若两个人在这小船上，就一切全不怕了。想到南方天气已那么冷，北方还不知冻到什么样子。我恐怕你寂寞得很，又怕你被人麻烦，被事麻烦，我因此事也做不下去。

这船今天能歇到什么地方，我不明白，船上人也不明白。这时已十二点钟，两岸有鸡叫、有狗叫、有人吵骂的声音，我算算你们应在桌边吃午饭了。我估计你们也正想到我。我心里很烦乱……

今天太冷，我的画也不能着手了。我只坐在被盖里，把纸本子搁在膝上写信，但一面写字一面就不快乐。我忙着到家，也忙着回转北京，但是天知道，这小船走得却如何慢！天气既那么冷，还得使三个划船人在水里风里把船弄上去，心中又不安。使他们高兴倒容易，晚上各人多吃半斤肉，这船就可以在水面上飞。可是我自己，却应当怎么办？三三，我自己真不知道如何办。做了点文章，又做不下去。校改了自己的书一遍，又觉得书也写得平平常常，不足注意。看看四丫头的相同你的相，就想起为四丫头改的文章，还无完成的希望，不知远处有个候补作家，正在如何怨我。照照镜子，镜中的我可瘦得怕人。当真的，人这样瘦，见了家中人又怎么办？我实在希望我回到家中时较肥一点，但天气那么坏，船那么慢，你隔得我又那么远，我有什么办法可以胖些？这么走路可能要廿多天！

我心里有点着急。但是莫因我的着急便难过。在船上的一个，是应当受点罪，请把好处留给我回来，把眼泪与一切埋怨皆留到我回来再给我，现在还是好好地做事，好好地过日子吧。

我想我的信一定到得不大有秩序， 我还担心有些信你收不到。因为在平汉车上发的六七封信，差不多全是交托车站上巡警发的，那些巡警即或不至于把信失掉，也许一搁在袋子里就是两天，保不定长沙的信到时，河南的信反而不到！

我又听到摇橹人的歌声了，好听得很。但越好听也就越觉得船上没有你真无意思……

三三，我今天离开你一个礼拜了。日子在旅行人看来真不快，因为这一礼拜来，我不为车子所苦，不为寒冷所苦，不为饮食马虎所苦，可是想你可太苦了。

路上的鱼很好，大而活鲜鲜的鱼，一毛二分钱一斤，用白水煮熟实在好吃得很。这河里原本出好鱼，最好的是青鱼，鲜得如海味，你不吃过也就想不到那个好处。

船停了，真静。一切声音皆像冷得凝固了，只有船底的水声，轻轻地轻轻地流过去。这声音使人感觉到它，几乎不是耳朵，却只是想象。但当真却有声音。水手在烤火，在默默地烤火。

说到水手，真有话说了。三个水手有两个每说一句话中必有个野话字眼儿在前面或后面，我一天来已跟他们学会三十句野话。他们说野话同使用符号一样，前后皆很讲究。倘若不用，那么所说正文也就模糊不清了。我很稀奇，不明白他们从什么方面学来这种野话。

船又开了，为了开船，这船上舵手同水手谈论天气，我试计算计算，十九句话中就说了十七个坏字眼儿。仿佛一世的怨愤，皆得从这些野话上发泄，方不至于生病似的。说到他们的怨愤，我又想起这些人的生活来了。我这次坐这小船，说定了十五块钱到地。吃白饭则一千文一天，合一角四分。大约七天方可到地，船上共用三人，除掉舵手给另一岸上船主租钱五元外，其余轮派到水手的，至多不过两块钱。即作为两块钱，则每天仅两毛多一点点。像这样大雪天气，两毛钱就得要人家从天亮拉起一直到天黑， 遇应当下水时便即刻下水，你想，多不公平的事！但在这条河里这样的船夫至少就有卅万，全是在能够用力时把力气卖给人，到老了就死掉的。他们的希望只是多吃一碗饭，多吃一片肉，拢岸时得了钱，就拿去花到吊脚楼上女人身上去，一回两回，钱完事了，船又应当下行了。天气虽有冷热，这些人的生活却永远是一样的。他们也不高兴，为船搁浅，为太冷太热，为租船人太苛刻。他们也常大笑大乐，为了顺风扯篷，为了吃酒吃肉，为了说点粗糙的关于女人的故事。他们也是个人，但与我们都市上的所谓“人”却相离多远！一看到这些人说话，一同到这些人接近，就使我想起一件事情，我想好好地来写他们一次。我相信若我动手来写，一定写得很好。但我总还嫌力量不及，因为本来这些人就太大了。三三，这些船夫你若见到时，一定也会发生兴味的。船夫分许多种，最活泼有趣勇敢耐劳的为麻阳籍水手，大多数皆会唱会闹，做事一股劲儿，带点儿憨气，且野得很可爱。麻阳人划船成为专业，一条辰河至少就应当有廿万麻阳船夫。这些人的好处简直不是一个人用口说得尽的，你若来，你只需用眼睛一看就相信我的话了。我过一阵下行，就想搭麻阳船。

三三，你若坐了一次这样小船，文章也一定可以写得好多了。因为船上你就可以学许多，水上你也可以学许多，两岸你还可以学许多！

我回来时当为你照些水手相来，还为你照个住吊脚楼的青年乡下妓女相来（只怕片子太少，到了城中就完事了）。这些人都可爱得很，你一定欢喜他们。

我颈脖也写木了，位置不对，我歇歇，晚上在蜡烛下再告你些。

二哥

一九三四年一月十四日第一信

十四下午一点

忆麻阳船

天气还早得很，水手就泊了船，水面歌声虽美丽得很，我可不能尽听点歌声就不寂寞！我心中不自在。我想来好好地报告一些消息。从第一页起，你一定还可以收到这种通信四十页。

这时节正是五点廿五分，先前摇橹唱歌的那只大船已泊近了我的船边，只听到许多人骂野话，许多篙子钉在浅水石头上的声音，且有人大嚷大骂。三三，你以为这是“吵架”，是不是？你错了。别担心，他们不过是在那里“说话”罢了。他们说话就永远得用个粗野字眼儿，遇要紧事情时，还得在每句话前后皆用野话相衬，事情方做得顺手。这种字眼儿的运用，父子中间也免不了。你不要以为这就是野人。他们骂野话，可不做野事。人正派得很！船上规矩严，忌讳多。在船上客人夫妇间若撒了野，还得买肉酬神。水手们若想上岸撒野，也得在拢岸后的。他们过得是节欲生活，真可以说是庄严得很！

船中最美的恐怕应得数麻阳船。大麻阳船有“鳅鱼头”同“五舱子”，装油两千篓，摇橹三十人，掌舵的高据后楼，下滩时真可谓堂皇之至！我就坐过这样大船一次，还有床同玻璃窗，各处皆是光溜溜的。十四年后这船还使我神往。其次是小船，就是我如今坐的“桃源划子”。但我不幸得很，遇到几个懒人。我对他们无办法。我看情形到家中必需十天，这数目加上从北平到桃源的四天，一共就是十四天，下行也许可以希望少两天，但因此一来，我至多也只能在家中住四天了。我运气坏，遇到这种小船真说不出口。看到他们早早地停泊，我竟不知怎么办。照规矩他们又可以自由停泊的，他们可以从各样事情上找机会，说出不能开动的理由。我呢，也觉得天气太冷，不忍要他们在水中受折磨。可是旁人少受些折磨，我就多受些折磨，你说我怎么办？

我先以为我是个受得了寂寞的人，现在方明白我们自从在一处后，我就变成一个不能够同你离开的人了……三三，想起你我就忍受不了目前的一切了。我真像从前等你回信、不得回信时神气。我想打东西，骂粗话，让冷风吹冻自己全身。我明白我同你离开越远也反而越相近。但不成，我得同你在一处，这心才能安静，事也才能做好！我试过如何来利用这长长的日子写篇小说，思想很乱，无论如何竟写不出什么来。

一九三四年一月十四日第四信
一月十四下六时

泊缆子湾

十五日下午七点十分

我的小船已泊定了。地方名“缆子湾”，专卖缆子的地方。两山翠碧，全是竹子。两岸高处皆有吊脚楼人家，美丽到使我发呆。并加上远处叠嶂，烟云包裹，这地方真使我得到不少灵感！我平常最会想象好景致，且会描写好景致，但对于当前的一切，却只能做呆二了。一千种宋元人作桃源图也比不上。

我已把晚饭吃过了，吃了一碗饭、三个鸡子、一碗米汤、一段腊肝。吃得很舒服，因此写信时也从容了些。下午我为四丫头写了个信。我现在点了两支蜡烛为你写信，光抖抖的，好像知道我要写些什么话，有点害羞的神气。我写的……别说了，我不害羞烛光可害羞！

三三，你看了我很多的信了，应当看得出我每个信的心情。我有时写得很乱，也就是心正很乱。譬如现在呢，我心静静的，信也当静静地写下去。吃饭以前我校过几篇《月下小景》，细细地看，方知道原来我文章写得那么细。这些文章有些方面真是旁人不容易写到的。我真为我自己的能力着了惊。但倘若这认识并非过分的骄傲，我将说这能力并非什么天才，却是耐心。我把它写得比别人认真，因此也就比别人好些的。我轻视天才，却愿意人明白我在写作方面是个如何用功的人。

我还在打量，看如何一来方把我发展完全，不至于把力量糟蹋到其他小事上去。同时还有你，你若用心些，你的成就同我将是一样的。我希望你比我还好，你做得到，一定做得到。我心太杂乱，只有写作能消耗掉。你单纯统一，比我强。

你接到这信时，一定先六七天就接到了我的电报。我的电一定将使你为难。我知道家中并无什么钱。上海那百块钱纵来了，家中这个月就处处要钱用。你一定又得为我借债，一定又得出面借债！想起这些事我很不安。我记起了你给我那两百块钱，钱被九九拿去做学费了，你却两手空空的在青岛同我蹲下去。结婚时又用了你那么多钱。我们两人本来不应当分什么了的，但想起用了那么多钱，三三到冬天来还得穿那件到人家吃茶时不敢脱下的大衣，你想，我怎么好过。三三，我这时还想起许多次得罪你的地方，我眼睛是湿的、模糊了的。我觉得很对不起你。我的人，倘若这时节我在你身边，你会明白我如何爱你！想起你种种好处，我自己便软弱了。我先前不是说过吗？“你生了我的气时，我便特别知道我如何爱你。”现在你并不生我的气，现在你一定也正想着远远的一个人。我眼泪湿湿地想着你一切的过去！

三三，我想起你中公时的一切，我记起我当年的梦，但我料不到的是三三会那么爱我！让我们两个人永远那么要好吧。我回来时，再不会使你生气面壁了。我在船上学得了反省，认清楚了自己种种的错处。只有你，方那么懂我并且原谅我。

我因为冷得很，已把被盖改变了一下，果然暖多了。我已不怎么冷了，睡觉时把衣脱去，一定更暖和了 。我们的船傍着一大堆船停泊的，隔船有念书的、唱戏的、说笑话的。我船上水手，则卧在外舱吃鸦片烟，一面吃烟还是一面骂野话。船轻轻地摇摆着，烛光一跳一跳，我猜想你们也正把晚饭吃过为我算着日子。

我一哭了，便心中十分温柔。

我还有五天在这小船上，至少得四天。明天我预备做事了。

我希望到了家中，就可看到我那篇论海派的文章，因为这是你编……我盼望梦里见你的微笑。

十五下

三三，船旁拢了一只麻阳船，一个人在用我那地方口音说话，我真想喊他一声！

还有更动人的是另一个人正在唱“高腔”，声音韵极了。动人得很！

你以为我舱里乱七八糟是不是？我不许你那么猜。正相反，我的舱中太干净了，一切皆放光，一切并且极有秩序，是小船上规矩！明天若有太阳，我当为这小舱照个相寄给你。照片因天气不好，还不开始用它。只是今天到柳林岔时，景致太美，便不问光线如何在船头照了一张……

我听到隔船那同乡“果囊”“果条伢哉”“果才蠢喃”，我真想问问他是“哪那的[①]”人。三三，乡音还不动人，还有小孩的哭声，这小孩子一定也是“果囊”人的。哭的声音也有地方性，有强烈个性！

一九三四年一月十五日第二信

十五日下午七点十分

① 哪那人：凤凰话，意思是：那里，那个孩子，这真蠢，哪里的。

第三张

十六日十一点

我不是说今天只预备写两页信吗？这不成的。两岸雀鸟叫得动人得很，我学它们叫，文章也写不下去了。现在我已学会了一种曲子，我只想在你面前来装成一只小鸟，请你听我叫一会子。南边与北方不同的地方也就在此，南方冬天也有莺、画眉、百舌。水边大石上，只要天气好，每早就有这些快乐的鸟，踞在上面晒太阳，很自得地啭着喉咙。人来了，船来了，它便飞入岸边竹林里去。过一会，又在竹林里叫起来了。从河中还常常可以看到岸上有黄山羊跑着，向林木深处蹿去。这些东西同上海法国公园养的小獐一个样子，同样的色泽，同样的美而静，不过黄羊胖一点点罢了。

你还记得在崂山时看人死亡报庙时情形没有？一定还好好记得。我为那些印象总弄得心软软的。那真使人动心，那些吹唢呐的、打旗帜的、戴孝的、看热闹的，以至于那个小庙，使人皆不容易忘掉。但你若到我们这里来，则无事不使你发生这种动人的印象。小地方的光、色、习惯、观念，人的好处同坏处，凡接触到它时，无一不使你十分感动。便是那点愚蠢、狡猾，也仿佛使你城市中人非原谅他们不可。不是有人常常问到我们如何就会写小说吗？倘若许我真真实实地来答复，我真想说：“你到湘西去旅行一年就好了。”但这句话除了你恐怕无人相信得过。

你这人好像是天生就要我写信似的。见及你，在你面前时，我不知为什么就总得逗你面壁使你走开，非得写信赔礼赔罪不可。同你一离开，那就更非时时刻刻写信不可了。倘若我们就是那么分开了三年两年，我们的信一定可以有一箱子了。我总好像要同你说话，又永远说不完事。在你身边时，我明白口并不完全是说话的东西，故还有时默默的。但一离开，这只手除了为你写信，别的事便无论如何也做不好了。可是你呢？我还不曾得到你一个把心挖出来的信。我猜想你寄到家中的信，也一定因为怕家中人见到，话说得不真。若当真为了这样小心，我见到那些信也看得出你信上不说、另外要说的话。三三，想起我们那么好，我真得轻轻地叹息，我幸福得很，有了你，我什么都不缺少了。

二哥

一九三四年一月十六日第二信

十六午前十一点廿分

夜泊鸭窠围

十六日下午六点五十分

我小船停了，停到鸭窠围。中时候写信提到的“小阜平冈”应当名为“洞庭溪”。鸭窠围是个深潭，两山翠色逼人，恰如我写到翠翠的家乡。吊脚楼尤其使人惊讶，高矗两岸，真是奇迹。两山深翠，唯吊脚楼屋瓦为白色，河中长潭则湾泊木筏廿来个，颜色浅黄。地方有小羊叫，有妇女锐声喊“二老”“小牛子”，且听到远处有鞭炮声与小锣声。到这样地方，使人太感动了。四丫头若见到一次，一生也忘不了。你若见到一次，你饭也不想吃了。

我这时已吃过了晚饭，点了两支蜡烛给你写报告。我吃了太多的鱼肉。还不停泊时，我们买鱼，九角钱买了一尾重六斤十两的鱼，还是顶小的！样子同飞艇一样，煮了四分之一，我又吃四分之一的四分之一，已吃得饱饱的了。我生平还不曾吃过那么新鲜那么嫩的鱼，我并且第一次把鱼吃个饱。味道比鲥鱼还美，比豆腐还嫩，古怪的东西！我似乎吃得太多了点，还不知道怎么办。

可惜天气太冷了，船停泊时我总无法上岸去看看。我欢喜那些在半天上的楼房。这里木料不值钱，水涨落时距离又太大，故楼房无不离岸卅丈以上，从河边望去，使人神往之至。我还听到了唱小曲声音，我估计得出，那些声音同灯光所在处，不是木筏上的篺头在取乐，就是有副爷们船主在喝酒。妇人手上必定还戴得有镀金戒子。多动人的画图！提到这些时我是很忧郁的，因为我认识他们的哀乐，看他们也依然在那里把每个日子打发下去，我不知道怎么样总有点忧郁。正同读一篇描写西伯利亚方面农人的作品一样，看到那些文章，使人引起无言的哀戚。我如今不止看到这些人生活的表面，还用过去一份经验接触这种人的灵魂。真是可哀的事！我想我写到这些人生活的作品，还应当更多一些！我这次旅行，所得的很不少。从这次旅行上，我一定还可以写出很多动人的文章！

三三，木筏上火光真不可不看。这里河面已不很宽，加之两面山岸很高（比崂山高得远），夜又静了，说话皆可听到。羊还在叫。我不知怎么的，心这时特别柔和。我悲伤得很。远处狗又在叫了，且有人说，“再来，过了年再来！”一定是在送客，一定是那些吊脚楼人家送水手下河。

风大得很，我手脚皆冷透了，我的心却很暖和。但我不明白什么原因，心里总柔软得很。我要傍近你，方不至于难过。我仿佛还是十多年前的我，孤孤单单，一身以外别无长物，搭坐一只装载军服的船只上行，对于自己前途毫无把握，我希望的只是一个四元一月的录事职务，但别人不让我有这种机会。我想看点书，身边无一本书。想上岸，又无一个钱。到了岸必须上岸去玩玩时，就只好穿了别人的军服，空手上岸去，看看街上一切，欣赏一下那些小街上的片糖，以及一个铜圆一大堆的花生。灯光下坐着扯得眉毛极细的妇人。

回船时，就糊糊涂涂在岸边烂泥里乱走，且沿了别人的船边“阳桥”渡过自己船上去，两脚全是泥，刚一落舱还不及脱鞋，就被船主大喊：“伙计副爷们，脱鞋呀。”到了船上后，无事可做，夜又太长，水手们爱玩牌的，皆蹲坐在舱板上小油灯下玩牌，便也镶拢去看他们。这就是我，这就是我！三三，一个人一生最美丽的日子，十五岁到廿岁，便恰好全是在那么情形中过去了，你想想看，是怎么活下来的！万想不到的是，今天我又居然到这条河里，这样的小船上，来回想温习一切过去！更想不到的是，我今天却在这样小船上，想着远远的一个温和美丽的脸儿，且这个黑脸的人儿，在另一处又如何悬念着我！我的命运可真太玩味了。

我问过了划船的，若顺风，明天我们可以到辰州了。我希望顺风。船若到得早，我就当晚在辰州把应做的事做完，后天就可以再坐船上行。我还得到辰州问问，是不是云六[①]已下了

---

① 云六：即作者的大哥沈云六。

辰。若他在辰州，我上行也方便多了。

现在已八点半了，各处还可听到人说话，这河中好像热闹得很。我还听到远远的有鼓声，也许是人还愿。风很猛，船中也冰冷的。但一个人心中倘若有个爱人，心中暖得很，全身就冻得结冰也不碍事的！这风吹得厉害，明天恐要大雪。羊还在叫，我觉得稀奇，好好地一听，原来对河也有一只羊叫着，它们是相互应和叫着的。我还听到唱曲子的声音，一个年纪极轻的女子的喉咙，使我感动得很。我极力想去听明白那个曲子，却始终听不明白。我懂许多曲子。想起这些人的哀乐，我有点忧郁。因这曲子我还记起了我独自到锦州，住在一个旅馆中的情形。在那旅馆中我听到一个女人唱大鼓书，给赶骡车的客人过夜，唱了半夜。我一个人便躺在一个大炕上听窗外唱曲子的声音，同别人笑语声。这也是二哥！那时节你大概在暨南[①]读书，每天早上还得起床做晨操！命运真使人惘然。爱你，因为只有你使我能够快乐！

二哥

我想睡了。希望你也睡得好。

一九三四年一月十六日第四信

十六下八点五十分

---

① 此处指暨南大学女子部（中学），在南京。

鸭窠围的梦

十七日上六点十分

五点半我又醒了，为噩梦吓醒的。醒来听听各处，世界那么静。回味梦中一切，又想到许多别的问题。山鸡叫了，真所谓百感交集。我已经不想再睡了。你这时说不定也快醒了！你若照你个人独居的习惯，这时应当已经起了床的。

我先是梦到在书房看一本新来的杂志，上面有些稀奇古怪的文章，后来我们订婚请客了，在一个花园中请了十个人，媒人却姓曾。一个同小五哥年龄相仿佛的中学生，但又同我是老同学。酒席摆在一个人家的花园里，且在大梅花树下面。来客整整坐了十位，只其中曾姓小孩子不来，我便去找寻他，到处找不着，再赶回来时客全跑了，只剩下些粗人，桌上也只放下两样吃的菜。我问这是怎么回事，方知道他们等客不来，各人皆生气散了。我就赶快到处去找你，却找不到。再过一阵，我又似乎到了我们现在的家中房里，门皆关着，院子外有一只狮子咆哮，我真着急。想出去不成，想别的方法通知一下你们也不成。这狮子可是我们家养的东西，不久张大姐（她年纪似乎只十四岁）拿生肉来喂狮子了，狮子把肉吃过就地翻筋斗给我们看。我同你就坐在正屋门限上看它玩一切把戏，还看得到好好的太阳影子！再过一阵我们出门野餐去了，到了个湖中央堤上，黄泥做成的堤，两人坐下看水，那狮子则在水中游泳。过不久这狮子理着项下长须，它变成了同于右任差不多的一个胡子了……

醒来只听到许多鸡叫，我方明白我还是在小船上。我希望梦到你，但同时还希望梦中的你比本来的你更温柔些。可是我成天上滩，在深山长潭里过日子，梦得你也不同了。也许是鲤鱼精来做梦，假充你到我面前吧。

这时真静，我为了这静，好像读一首怕人的诗。这真是诗。不同处就是任何好诗所引起的情绪，还不能那么动人罢了。这时心里透明的，想一切皆深入无间。我在温习你的一切。我真带点儿惊讶，当我默读到生活某一章时，我不止惊讶。我称量我的幸运，且计算它，但这无法使我弄清楚一点点。你占去了我的感情全部。为了这点幸福的自觉，我叹息了。

倘若你这时见到我，你就会明白我如何温柔！一切过去的种种，它的结局皆在把我推到你身边心上，你的一切过去也皆在把我拉近你身边心上。这真是命运。而且从二哥说来，这是如何幸运！我还要说的话不想让烛光听到，我将吹熄了这支蜡烛，在暗中向空虚去说。

二哥

一九三四年一月十七日第一信

鸭窠围清晨

这时已七点四十分了，天还不很亮。两山过高，故天亮较迟。船上人已起身，在烧水扫雪，且一面骂野话玩着。对于天气，含着无可奈何的诅咒。木筏正准备下行，许多从吊脚楼上妇人处寄宿的人，皆正在下河，且互相传着一种亲切的话语。许多筏上水手则各在移动木料。且听到有人锐声装女人无意思地天真烂漫地唱着，同时便有斧斤声和锤子敲木头的声音。我的小船也上了篷，着手离岸了。

昨晚天气虽很冷，我倒好。我明白冷的原因了。我把船舱通风处皆堵塞了一下，同时却穿了那件旧皮袍睡觉。半夜里手脚皆暖和得很，睡下时与起床时也很舒服方便。我小船的篷也已拉起，在潭里移动了。只听到人隔河岸“牛保，牛保，到哪囊去了？”河这边等了许久，方仿佛从吊脚楼上一个妇人被里逃出，爬在窗边答着：“宋宋，宋宋，你喊哪样？早咧。”“早你的娘！”“就算早我的娘！”最后一句话不过是我想象的，因为他已沉默了，一定又即刻回到床上去了。我还估想他上床后就会拧了一下那妇人，两人便笑着并头睡下了的。这份生活真使我感动得很。听到他们说话，我便觉得我以前写出的太简单了。

我正想回北平时用这些人作题材，写十个短篇，或我告给你，让你来写。写得好，一定是种很大的成功。这时我们的船正在上行，沿了河边走去，许多大船同木筏，昨晚停泊在上游一点的，也皆各在下行。我坐在舱中，就只听到水面人语声，以及橹桨搅水声，与橹桨本身被推动时咿咿呀呀的声。这真是圣境。我出去看了一会儿，看到这船筏浮在水面，船上还扬着红红的火焰同白烟，两岸则高矗而上，如对立巨魔，颜色墨绿。不知什么地方有老鸦叫着出窠，不知什么地方有鸡叫着，且听着岸旁有小水鸡吱吱吱吱地叫，不知它们是种什么意思，却可以猜想它们每早必这样叫一大阵。这点印象实实在在值得受份折磨得到它。

我正计算了一阵日子。我算作八号动身，应在下月七号到地见你。今天我已走了十天，至多还加个五天我必可到家。若照船上人说来，他们包我下行从浦市到桃源作三天（这一段路上行我们至少需八天），从桃源到常德一天，从常德到长沙一天，从长沙到汉口一天，汉口停一天，再从汉口到北平两天，加上从我家回到浦市两天，则路上共需十一天。共加拢来算算，则我可在家中住四天。恐怕得多住一天，则汉口我不耽搁，时间还是一样的……今天十七，我快则二十天后可以见你，慢也不过二十三天，我希望至迟莫过十号，我们可以在北平见面。

我希望这次回到家中，可以把你一切好处让家中人知道，我还希望为你带些有趣味的东西，同家中人对你的好意给你。我一到家一定就有人问："为什么不带张妹来？"我却说："带来了，带来了。"我带来的是一个相片，我送他们相片看。事实上则我当真也把你带来了，因为你在我的心上！不过我不会把这件事告给人，我不让他们从这个事情上得到一个发笑的机会。一个人过分吝啬本不是件美德，我可不能不吝啬了。

今天风好像不很大，船会赶不到辰州。然而至多明天我总可到辰州的。我一到地就有两件事可做，第一是打电话回去，告大哥我已到了辰州，第二是打电报给你希望你把钱寄来。我这次下行，算算有九十块钱已够了，但我希望手边却有一百廿块钱，因为也许得买点儿东西回北平来送人。这里许多东西皆是北平人的宝贝，正如同北平许多东西是这里的宝贝一样。我动身时一定有人送我小东小西，我真盼望所有东西全是可以使你欢喜的，或转送四丫头，使四丫头惊奇的。

这时已八点四十，天还黯黯的。也许这小表被我拨快了一些，也许并不是小表的罪过。从这次上行的经验看来，不拘带什么皆不会放坏，故下行时也许还可以为你带些古怪食物！九九是多年不吃冻菌了的，我预备为她带些冻菌。你欢喜酸的，我预备请大嫂为你炒一罐胡葱酸。四丫头倾心苗女人，我可以为她买一块苗妇人手做的冻豆腐。时间若许我从容些，我还能同三哥到乡下去赶次场，说不定我尚可为四丫头带点狗肉来。我想带的可太多了，一个火车厢恐怕也装不下。正因为这样子，或者我一样不带。

我忘了问张大姐要些什么了。请先告她，我若到苗乡去，当为她带个苗人用的顶针或针筒来。我那里针筒皆镂花，似乎还不坏。我还听同乡说本城酱油已出名，且成为近日来运销出口的一种著名东西，下可以到长沙，上可以到川东黔省，真想不到。我无论如何总为你们带点酱油来的。

九点四十五分，我小船停泊在一个滩乱石间，大家从从容容吃过了早饭。又吃鱼。吃了饭后船上人还在烤烤火，我就画了一个对河的小景。对河有人家处色泽极其美丽，名为“打油溪”。还有长长的墙垣，一定就是油坊。住在这种地方不作诗却来打油，古怪透了。画刚打好稿子，船就开了。今天小船还应上两个大滩，“九溪”同“横石”，这滩还不很难上，可是天气怪冷，水手真苦。说不定还得落水去拉船。近辰州时又还有个长十里的急流，无风时也很费事。今天风不好，不能把船送走，故看情形还赶不到辰州。我希望明天上半天可到，用半天日子做一切事，后天就可上行。我还希望到了辰州可以从电话中谈几句话，告他一切，也让他们放心些，不然收到了你的信后，却不见我到家，岂不稀奇。

今天更冷，应当落大雪了，可是雪总落不下来。南方天气我疏远得太久了，如今看来同看一本新书一样，处处不像习惯

所能忍受的样子，我若到这些地方长住下去，性格一定沉郁得很了。但一到春天，这里可太好了。就是这种天气，山中竹雀画眉依然叫得很好，一到春天，是可想而知的。

一九三四年一月十七日第二信

历史是一条河

十八日下午二时卅分

我小船已把主要滩水全上完了，这时已到了一个如同一面镜子的潭里。山水秀丽如西湖，日头已出，两岸小山皆浅绿色。到辰州只差十里，故今天到地必很早。我照了个相，为一群拉纤人照的。现在太阳正照到我的小船舱中，光景明媚，正同你有些相似处。我因为在外边站久了一点，手已发了木，故写字也不成了。我一定得戴那双手套的，可是这同写信恰好是鱼同熊掌，不能同时得到。我不要熊掌，还是做近于吃鱼的写信吧。这信再过三四点钟就可发出，我高兴得很。记得从前为你寄快信时，那时心情真有说不出的紧处，可怜的事，这已成为过去了。现在我不怕你从我这种信中挑眼儿了，我需要你从这些无头无绪的信上，找出些我不必说的话……

我已快到地了，假若这时节是我们两个人，一同上岸去，一同进街且一同去找人，那多有趣味！我一到地见到了有点亲戚关系的人，他们第一句话，必问及你！我真想凡是有人问到你，就答复他们“在口袋里”！

三三，我因为天气太好了一点，故站在船后舱看了许久水，我心中忽然好像彻悟了一些，同时又好像从这条河中得到了许多智慧。三三，的的确确，得到了许多智慧，不是知识。我轻轻地叹息了好些次。山头夕阳极感动我，水底各色圆石也极感动我，我心中似乎毫无什么渣滓，透明烛照，对河水，对夕阳，对拉船人同船，皆那么爱着，十分温暖地爱着！我们平时不是读历史吗？一本历史书除了告我们些另一时代最笨的人相斫相杀以外有些什么？但真的历史却是一条河。从那日夜长流千古不变的水里，石头和沙子，腐了的草木，破烂的船板，使我触着平时我们所疏忽了若干年代若干人类的哀乐！我看到小小渔船，载了它的黑色鸬鹚向下流缓缓划去，看到石滩上拉船人的姿势，我皆异常感动且异常爱他们。

我先前一时不还提到过这些人可怜地生、无所为地生吗？不，三三，我错了。这些人不需我们来可怜，我们应当来尊敬、来爱。他们那么庄严忠实地生，却在自然上各担负自己那份命运，为自己、为儿女而活下去。不管怎么样活，却从不逃避为了活而应有的一切努力。他们在他们那份习惯的生活里、命运里，也依然是哭、笑、吃、喝，对于寒暑的来临，更感觉到这四时交替的严重。三三，我不知为什么，我感动得很！我希望活得长一点，同时把生活完全发展到我自己这份工作上来。我会用我自己的力量，为所谓人生，解释得比任何人皆庄严些与透入些！三三，我看久了水，从水里的石头得到一点儿平时好像不能得到的东西，对于人生，对于爱憎，仿佛全然与人不同了。我觉得惆怅得很，我总想看得太深太远，对于我自己，便成为受难者了。这时节我软弱得很，因为我爱了世界，爱了人类。三三，倘若我们这时正是两人同在一处，你瞧我眼睛湿到什么样子！

三三，船已到关上了，我半点钟就会上岸的。今晚上我恐怕无时间写信了，我们当说声再见！三三，请把这信用你那体面温和眼睛多吻几次！我明天若上行，会把信留到浦市发出的。

二哥

一九三四年一月十八日第二信

一月十八下午四点半

这里全是船了！

虎雏印象

这时已下午两点，船只上小滩，在一条平衍河里走去，河面放宽一些，两岸山已不高，太阳甚好，照在这张纸上炫我眼睛！我很舒服。我的手已不再发肿，我的脚也不觉得怎样冷了。我听了那虎雏说了半天关于他过去的生活故事。这副爷现在还不到廿三岁，七八岁时就打死了人，独自跑出外边，做过割草人，做过土匪，做过采茶人，做过兵。他当了七年的兵，明白的事情比一个教授多多了。他打架喝酒的事情，不知有过多少次，但人却能干可爱之至。他跟了我三弟三四年，一切事皆可交给他，这真是个怪而了不起的人。他说到许多打小仗吃苦受罚的事情，皆正是任何一本书还不曾提到过的事情。他那份渊博处，以及因见多识广，对于自己观念打算铺叙的才干，使我不能不佩服他。我不是说这次旅行一定可以学许多吗？别的不提，单在这样一个人方面，给我有用的知识与智慧已够多了。

这时阳光真好。

我们本乡那方面，大哥也在昨晚上就拍发了一个无线电报回去了。家中得到这个电后，他们不知如何快乐！这次谁也不想到我会回来的，故辰州方面许多老朋友皆十分惊异。到了家中那天，本乡人见着了我，一定更惊奇！离家太久真不好，一切皆生疏得很，同做客一样，我说话也似乎很困难的。

我的船昨天停泊的地方就是我十五年前在辰州看柏子停船的地方，我本想照个相已赶不及，回来时一定可把我自己照成柏子一样的。

天气太好我就有点惆怅，今天的河水已极清浅，河床中大小不一的石子，历历可数，如棋子一般，较大石头上必有浅绿色蓝丝，在水中漂荡，摇曳生姿。这宽而平平的河床，以及河中东西，皆明丽不凡。两岸山树如画图，秀而有致。船在这样一条河中行走，同舱中缺少一个你，觉得太不合理了。

我想我也得睡睡才好，我昨天只睡三个钟……

人家都说我胖了些，这话从他们口中说出我不甚相信，但从他们本人肥瘦上看来，我却十分相信。我昨天见到五个熟人，其中就只有一个天生胖子，其胖如昔，其余诸人，全似乎还不如我的。这里人说话皆大声叫喊，吃东西随便把花生壳橘子皮撒满一地，客人在家中不作兴脱帽，很有趣味。

二哥

一九三四年一月十九日第二信

十九日下三时

第三辑

水怀云感

一个戴水獭皮帽子的朋友

我由武陵（常德）过桃源时，坐在一辆新式黄色公共汽车上。车从很平坦的沿河大堤公路上奔驰而去，我身边还坐定了一个懂人情、有趣味的老朋友，这老友正特意从武陵县伴我过桃源县。他也可以说是一个“渔人”，因为他的头上戴的是一顶价值四十八元的水獭[①]皮帽子，这顶帽子经过沿路地方时，却很能引起一些年轻娘儿们注意的。这老友是武陵地域中心春申君[②]墓旁杰云旅馆的主人。常德、河伏、周溪、桃源，沿河近百里路以内“吃四方饭”的标致娘儿们，他无一不特别熟悉；许多娘儿们也就特别熟悉他那顶水獭皮帽子。但照他自己说，使他迷路的那点年龄也已过去了，如今一切已满不在乎，白脸长眉毛的女孩子再不使他心跳，水獭皮帽子也并不需要娘儿们眼睛放光了。他今年还只三十五岁。十年前，在这一带地方凡有他撒野机会时，他从不放过那点机会。现在既已规规矩矩做

① 水獭：鼬科，半水栖动物，毛稠而皮质轻柔、珍贵。

② 春申君：即黄歇，战国时楚贵族。

了一个大旅馆的大老板，童心已失去，就再也不胡闹了。当他二十五岁左右时，大约就有一百个女人的净白胸膛被他亲近过。我坐在这样一个朋友的身边，想起国内无数中学生，在国义班上很认真地读陶靖节[①]《桃花源记》的情形，真觉得十分好笑。同这样一个朋友坐了汽车到桃源去，似乎太幽默了。

朋友还是个爱玩字画也爱说野话的人。从汽车眺望平堤远处，薄雾里错落有致的平田、房子、树木，全如敷了一层蓝灰，一切极爽心悦目。汽车在大堤上跑去，又极平稳舒服。朋友口中糅合了雅兴与俗趣，带点儿惊讶嚷道："这野杂种的景致，简直是画！"

"自然是画！可是是谁的画？"我说，"牯子[②]大哥，你以为是谁的画？"我意思正想考问一下，看看我那朋友对于中国画一方面的知识。

他笑了，"沈石田[③]这狗肏的，强盗一样好大胆的手笔！"说时还用手比划着，"这里一笔，那边一扫，再来磨磨蹭蹭，十来下，成了。"

我自然不能同意这种赞美，因为朋友家中正收藏了一个沈周手卷，姓名真，画笔并不佳，出处是极可怀疑的。说句老实话，

---

① 陶靖节：即陶渊明，东晋诗人。

② 牯子：即公牛。

③ 沈石田：即沈周，明代画家，擅画山水，"明四家"之一。

当前从窗口入目的一切，潇洒秀丽中带点雄浑苍莽气概，还得另外找寻一句恰当的比拟，方能相称啊。我在沉默中的意见，似乎被他看明白了，他就说：“看，牯子老弟你看，这点山头，这点树，那一片林梢，那一抹轻雾，真只有王麓台[①]那野狗干的画得出。因为他自己活到八九十岁，就真像只老狗。”

这一下可被他“猜”中了。我说：“这一下可被你说中了。我正以为目前远远近近的风物极和王麓台卷子相近；你有他的扇面，一定看得出。因为它很巧妙地混合了秀气与沉郁，又典雅，又恬静，又不做作。不过有时笔不免肮脏的。”

“好，有的是你这文章魁首形容！人老了，不大肯洗脸洗手，怎么不脏……”接着他就使用了一大串野蛮字眼儿，把我喊作小公牛，且把他自己水獭皮帽子向上翻起的封耳，拉下来遮盖了那两只冻得通红的耳朵，于是大笑起来了。仿佛第一次所说的话，本不过是为了引起我对于窗外景致注意而说，如今见我也已注意，充满兴趣地看车窗外离奇的景色，他便很快乐地笑了。

他掣着我的肩膊很猛烈地摇了两下，我明白那是他极高兴的表示。我说：“牯子大哥，你怎么不学画呢？你一动手，就会弄得很高明的！”

---

① 王麓台：即王原祁，清初画家，擅画山水，“清六家”之一。

“我讲，牯子老弟，别丢我罢。我也像是一个仇十洲[①]，但是只会画妇人的肚皮，真像你说，‘弄得很高明’的！你难道不知道我是个什么人吗？鼻子一抹灰，能冒充绣衣哥吗？”

“你是个妙人。绝顶的妙人。”

“绣衣哥，得了，什么庙人、寺人，谁来割我的 ××？我还预备割掉许多男人的 ××，省得他们装模作样，在妇人面前露脸！我讨厌他们那种样子！”

“你不讨厌的。”

“牯子老弟，有的是你这绣衣哥说的。不看你面上，我一定要……”

这个朋友言语行为皆粗中有细，且带点儿妩媚，可算得是个妙人！

这个人脸上不疤不麻，身个儿比平常人略长一点，肩膊宽宽的，且有两只体面干净的大手，初初一看，可以知道他是个军队中吃粮子上饭跑四方人物，但也可以说他是一个准绅士。从五岁起就欢喜同人打架，为一点儿小事，不管对面的一个大过他多少，也一面辱骂一面挥拳打去。不是打得人鼻青脸肿，就是被人打得满脸血污。但人长大到二十岁后，虽在男子面前还常常挥拳比武，在女人面前，却变得异常温柔起来，样子显

① 仇十洲：即仇英，明画家，擅人物，尤长仕女，“明四家”之一。

得很懂事怕事。到了三十岁，处世便更谦和了，生平书读得虽不多，却善于用书，在一种近于奇迹的情形中，这人无师自通，写信办公事时，笔下都很可观。为人性情又随和又不马虎，一切看人来，在他认为是好朋友的，掏出心子不算回事；可是遇着另外一种老想占他一点儿便宜的人呢，就完全不同了。也就因此，在一般人中他的毁誉是平分的，有人称他为豪杰，也有人叫他坏蛋。但不妨事，把两种性格两个人格拼合拢来，这人才真是一个活鲜鲜的人！

十三年前我同他在一只装军服的船上，向沅水上游开去，船当天从常德开头，泊到周溪时，天气已快要夜了。那时空中正落着雪子，天气很冷，船顶船舷都结了冰。他为的是惦念到岸上一个长眉毛白脸庞小女人，便穿了崭新绛色缎子的猞猁皮马褂，从那为冰雪冻结了的大小木筏上慢慢地爬过去，一不小心便落了水。一面大声嚷“牯子老弟，这下我可完了”，一面还是笑着挣扎。待到努力从水中挣扎上船时，全身早已为冰冷的水弄湿了。但他换了一件新棉军服外套后，却依然很高兴地从木筏上爬拢岸边，到他心中惦念的那个女人身边睡觉去了。三年前，我因送一个朋友的孤雏转回湘西时，就在他的旅馆中，看了他的藏画一整天。他告我，有幅文徵明[①]的山水，好得很，终于被一个小婊子婆娘攫走，十分可惜，到后一问，才知道原

---

① 文徵明：明书画家，擅画山水，“明四家”之一。

来他把那画卖了三百块钱，为一个小娼妇点蜡烛挂了一次衣。现在我又让那个接客的把行李搬到这旅馆中来了。

见面时我喊他“牯子大哥，我又来了，不认识我了吧。”

他正站在旅馆天井中分派佣人抹玻璃，自己却用手抹着那顶绒头极厚的水獭皮帽子，一见到我就赶过来用两只手同我握手，握得我手指酸痛，大声说道：“咳，咳，你这个小骚牯子又来了，什么风吹来的？妙极了，使人正想死你！”

“什么话，近来心里闲得想到北平城老朋友头上来了吗？”

“什么画，壁上挂——当天赌咒，天知道，我正如何念你！”

这自然是一句真话，粮子上出身的人物①，对好朋友说谎，原看成为一种罪恶。他想念我，只因为他新近花了四十块钱，买得一本倪元璐②所摹写的武侯③前后《出师表》。他既不知道这东西是从岳飞石刻《出师表》临来的，末尾那两颗巴掌大的朱红印记，把他更弄糊涂了。照外行人说来，字既然写得极其“飞舞”，四百也不觉得太贵，他可不明白那个东西应有的价值，又不明出处。花了那一笔钱，从一个川军退伍军官处把它弄到手，因此想着我来了。于是我们一面说点十年前的有趣野话，一面就到他的房中欣赏宝物去了。

---

① 此处指行伍出身的人物。

② 倪元璐：明末浙江人，官至户部尚书兼翰林院学士，能诗文、书画。

③ 武侯：即诸葛亮，三国蜀汉政治家、军事家。

这朋友年轻时，是个绿营[①]中正标守兵名分的巡防军，派过中营衙门办事，在花园中栽花养金鱼。后来改做了军营里的庶务，又做过两次军需，又做过一次参谋。时间使一些英雄美人成尘成土，把一些傻瓜坏蛋变得又富又阔；同样地，到这样一个地方，我这个朋友，在一堆倏然而来倏然而逝的日子中，也就做了武陵县一家最清洁安静的旅馆主人，且同时成为爱好古玩字画的“风雅”人了。他既收买了数量可观的字画，还有好些铜器与瓷器，收藏的物件泥沙杂下，并不如何稀罕，但在那么一个小小地方，在他那种经济情形下，能力却可以说尽够人敬服了。若有什么风雅人由北方或由福建广东，想过桃源去看看，从武陵过身时，能泰然坦然把行李搬进他那个旅馆去，到了那个地方，看看过厅上的芦雁屏条，同长案上一发陈设，便会明白宾主之间实有同好，这一来，凡事皆好说了。

还有那向湘西上行过川黔考察方言歌谣的先生们，到武陵时，最好就到这个旅馆来下榻。我还不曾遇见过什么学者，比这个朋友更能明白中国格言谚语的用处，他说话全是活的，即便是诨话野话，也莫不各有出处，言之成章。而且妙趣百出，庄谐杂陈。他那言语比喻丰富处，真像是大河流水，永无穷尽。在那旅馆中住下，一面听他詈骂佣人，一面使我就想起在北平城圈里编《国语大辞典》的诸先生，为一句话一个字的用处，

---

① 绿营：清代军制，汉兵用绿旗，称绿营兵或绿旗兵。

把《水浒传》《金瓶梅》《红楼梦》以及其他所有元明清杂剧小说翻来翻去，剪破了多少书籍！若果他们能够来到这旅馆里，故意在天井中撒一泡尿，或装作无心的样子，把些瓜果皮壳脏东西从窗口随意抛出去，或索性当着这旅馆老板面前，做点不守规矩缺少理性的行为。好，等着你就听听那老板的骂出稀奇古怪的字眼儿，你会觉得原来这里还搁下了一本活生生的大辞典！倘若有个经济社会调查团，想从湘西弄到点材料，这旅馆也是最好的下榻处所。因为辰河沿岸码头的税收、烟价、妓女，以及桐油、朱砂的出处行价，各个码头上管事的头目姓名脾气，他知道的也似乎比别的县衙门里“包打听”还更清楚——他事情懂得多哩，只要想想，人还只在二十五岁左右，就有一百个青年妇人在他面前裸露过胸膛同心子，从一个普通读书人看来，这是一种如何丰富吓人的经验！

只因我已十多年不再到这条河上，一切皆极生疏了，他便特别热心答应伴送我过桃源。为我租雇小船，照料一切。

十二点钟我们从武陵动身，一点半钟左右，汽车就到了桃源县停车站。我们下了车，预备去看船时，几件行李成为极麻烦的问题了。老朋友说，若把行李带去，到码头边叫小划子时，那些吃水上饭的人，会“以逸待劳”，把价钱放在一个高点上，使我们无法对付。若把行李寄放到另外一个地方，空手去看船，我们便又“以逸待劳”了。我信任了老朋友的主张，照他的意思，一到桃源站，我们就把行李送到一个卖酒曲的人家去。到了那酒曲铺子，拿烟的是个四十岁左右的中年胖妇人，他的干亲家，倒茶的是个十五六岁的白脸长身头发黑亮亮的女孩子，腰身小，嘴唇小，眼目清明如两粒水晶球儿，见人只是转个不停。论辈数，说是干女儿呢。坐了一阵，两人方离开那人家洒着手下河边去。在河街上一个旧书铺，一幅无名氏的山水小景牵引了他的眼睛，二十块钱把画买定了。再到河边去看船，船上人知道我是那个大老板的熟人，价钱倒很容易说妥了。来回去让船总写保单，取行李，一切安排就绪，时间已快到半夜了。我那小船明天一早方能开头，我就邀他在船上住一夜。他却说酒曲铺子那个十五年前老伴的女儿，正炖了一只母鸡等着他去消夜。点了一段废缆子，很快乐地跳上岸摇着晃着匆匆走去了。

他上岸从一些吊脚楼柱下转入河街时，我还听到河街一哨兵喊口号，他大声答着“百姓”，表明他的身份。第二天天刚发白，我还没醒，小船就已向上游开动了，大约已经走了三里路，却听得岸上有个人喊我的名字，沿岸追来，原来是他从热被里脱出赶来送我的行的。船傍了岸。天落着雪，他站在船头一面抖去肩上雪片，一面质问弄船人，为什么船开得那么早。

我说：“牯子大哥，你怎么的，天气冷得很，大清早还赶来送我！”

他钻进舱里笑着轻轻地向我说：“牯子老弟，我们看好了的那幅画，我不想买了。我昨晚上还看过更好的一本册页！”

“什么人画的？”

“当然仇十洲。我怕仇十洲那杂种也画不出，牯子老弟，好得很……”话不说完他就大笑起来。我明白他话中所指了。

“你又迷路了吗？你不是说自己年已老了吗？”

“到了桃源还不迷路吗？自己虽老别人可年轻？牯子老弟，你好好地上船吧，不要胡思乱想我的事情，回来时仍住到我的旅馆里，让我再照料你上车吧。”

“一路复兴，一路复兴。”那么嚷着，于是他同豹子一样，一纵又上了岸，船就开了。

作于一九三四年

辰河小船上的水手

我自从离开了那个水獭皮帽子的朋友以后，独自坐到这只小船上，已闷闷地过了十天。小船前后舱面既十分窄狭，三个水手白日皆各有所事：或者正在吵骂，或者是正在荡桨撑篙，使用手臂之力，使这只小船在结了冰的寒气中前进。有时两个年轻水手即或上岸拉船去了，船前船后又有湿淋淋的缆索牵牵绊绊，打量出去站站，也无时不显得碍手碍脚，很不方便。因此我就只有蜷伏在船舱里，静听水声与船上水手辱骂声，打发了每个日子。

照原定计划，这次旅行来回二十八天的路程，就应当安排二十二个日子到这只小船上。如半途中这小船发生了什么意外障碍，或者就多得四天五天。起先我尽记着水獭皮帽子的朋友“行船莫算，打架莫看”的格言，对于这只小船每日应走多少路，已走多少路，还需要走多少路，从不发言过问。

他们说“应当开头了”，船就开了，他们说“这鬼天气不成，得歇憩烤火”，我自然又听他们歇憩烤火。天气也实在太冷了一点，篙上桨上莫不结了一层薄冰。我的衣袋中，虽还收藏了一张桃源县管理小划子的船总亲手所写“十日包到”的保单，但天气既那么坏，还好意思把这张保单拿出来向掌舵水手说话吗？

我口中虽不说什么，心里却计算到所剩余的日子，真有点儿着急。

可是三个水手中的一人，似乎已看准了我的弱点，且在另外一件事情上，又看准了我另外一项弱点，想出了个两得其利的办法来了。那水手向我说道："先生，你着急，是不是？不必为天气发愁。如今落的是雪子，不是刀子。我们弄船人，命里派定了划船，天上纵落刀子也得做事！"

我的座位正对着船尾，掌舵水手这时正分张两腿，两手握定舵把，一个人字形的姿势对我站定。想起昨天这只小船搁入石罅里，尽三人手足之力还无可奈何时，这人一面对天气咒骂各种野话，一面卸下了袴子向水中跳去的情形，我不由得微喟了一下。我说："天气真坏！"

他见我眉毛聚着便笑了："天气坏不碍事，只看你先生是不是要我们赶路，想赶快一些，我同伙计们有的是办法！"

我带了点埋怨神气说："不赶路，谁愿意在这个日子里来在河上受活罪？你说有办法，告我看是什么办法！"

"天气冷，我们手脚也硬了。你请我们晚上喝点酒，活活血脉，这船就可以在水面上飞！"

我觉得这个提议很正当，便不追问先划船后喝酒，如何活动血脉的理由，即刻就答应了。我说："好得很，让我们的船飞去吧，欢喜吃什么买什么。”

于是这小船在三个划船人手上，当真俨然一直向辰河上游飞去。经过钓船时就喊买鱼，一拢码头时就用长柄大葫芦满满地装上一葫芦烧酒。沿河两岸连山皆深碧一色，山头常戴了点白雪，河水则清明如玉。在这样一条河水里旅行，望着水光出色，体会水手们在工作上与饮食上的勇敢处，使我在寂寞里不由得不常作微笑！

船停时，真静。一切声音皆为大雪以前的寒气凝结了。只有船底的水声，轻轻地轻轻地流过去——使人感觉到它的声音，几乎不是耳朵却只是想象。三个水手把晚饭吃过后，围在后舱钢灶边烤火烘衣。

时间还只五点二十五分，先前一时在长潭中摇橹唱歌的一只大货船，这时也赶到快要靠岸停泊了。只听到许多篙子钉在浅水石头上的声音，且有人大嚷大骂。他们并不是吵架，不过在那里“说话”罢了。这些人说话照例永远得使用几个粗野字眼儿，也正同我们使用标点符号一样，倘若忘了加上去，意思也就很容易模糊不清楚了。这样粗野字眼儿的使用，即在父子兄弟间也少不了。可是这些粗人野人，在那吃酸菜臭牛肉说野话的口中，高兴唱起歌来时，所唱的又正是如何美丽动人的歌！

大船靠定岸边后，只听到有一个人在船上大声喊叫：“金贵，金贵，上岸 × × 去！”

那个名为金贵的水手，似乎正在那只货船舱里鱿鱼海带间，嘶着个嗓子回答说："你 ×× 去我不来。你娘 ×××× 正等着你！"

我那小船上三个默默烤火烘衣的水手，听到这个对白，便一同笑将起来了。其中之一学着邻船人语气说："×× 去，× 你娘的 ×。大白天像狗一样在滩上爬，晚上好快乐！"

另一个水手就说："七老，你要上岸去，你向先生借两角钱也可以上岸去！"

几个人把话继续说下去，便讨论到各个小码头上吃四方饭娘儿们的人才与轶事来了。说及其中一些野妇人悲喜的场面时，真使我十分感动。我再也不能孤独地在舱中坐下了，就爬到那个钢灶边去，同他们坐在一处去烤火。

我掺入那个团体时，询问那个年纪较大的水手："掌舵的，我十五块钱包你这只船，一次你可以捞多少！"

"我可以捞多少，先生！我不是这只船的主人，我是个每年二百四十吊钱雇定的舵手，算起来一个月我有两块三角钱，你看看这一次我捞多少！"

我说："那么，大伙计，你拦头有多少！全船皆得你，难道也是二百四十吊一年吗？"

那一个名为七老的说："我弄船上行，两块六角钱一次，下行吃白饭！"

"那么，小伙计，你呢？我看你手脚还生疏得很！你昨天差点儿淹坏了，得多吃多喝，把骨头长结实一点点！"

小子听我批评到他的能力就只干笑。掌舵的代他说话："先生要你多吃多喝，你不听到吗？这小子看他虽长得同一块发糕一样，其实就只能吃能喝，撇篙子拉纤全不在行！"

"多少钱一月？"我说，"一块钱一月，是不是？"

那个小水手自己笑着开了口："多少钱一月？十个铜子一天。我还不满师，哪会给我关饷——×他的娘。天气多坏！"

我在心中打了一下算盘，掌舵的八分钱一天，拦头的一角三分一天，小伙计一分二厘一天。在这个数目下，不问天气如何，这些人莫不皆得从天明起始到天黑为止，做他应分做的事情。遇应当下水时，便即刻跳下水中去。遇应当到滩石上爬行时，也毫不推辞即刻前去。在能用气力时，这些人就毫不吝惜气力打发了每个日子，人老了，或大六月发痧下痢，躺在空船里或太阳下死掉了，一生也就算完事了。这条河中至少有十万个这样过日子的人。想起了这件事情，我轻轻地吁了一口气。

"掌舵的，你在这条河里划了几年船？"

"我今年五十三，十六岁就到了船上。"

三十七年的经验，七百里路的河道，水涨水落河道的变迁，多少滩，多少潭，多少码头，多少石头——是的，凡是那些较大的知名的石头，这个人就无一不能够很清楚地举出它们的名称和故事！划了三十七年的船，还只是孤身一人，把经验与气力每天作八分钱出卖，来在这水上飘泊，这个古怪的人！

“拦头的大伙计，你呢？你划了几年船？”

“我照老法子算今年三十一岁，在船上五年，在军队里也五年。我是个逃兵，七月里才从贵州开小差回来的！”

这水手结实硬朗处，倒真配做一个兵。那分粗野爽朗处也很像个兵。掌舵的水手人老了，眼睛发花，已不能如年轻人那么手脚灵便，小水手年龄又太小了一点，一切事皆不在行，全船最重要的人物就是他。昨天小船上滩，小水手换篙较慢，被篙子弹入急流里去时，他却一手支持篙子，还能一手把那个小水手捞住，援助上船。上了船后那小子又惊又气，全身湿淋淋的，抱定桅子嗬嗬大哭。他一面笑骂着种种野话，一面却赶快脱了棉衣单裤给小水手替换。在这小船上他一个人脾气似乎特别大，但可爱处也就似乎特别多。

想起小水手掉到水中被援起以后的样子，以及那个年纪大一点的脱下了裤子给他掉换，光着个下身在空气里弄船的神气，我心中充满了不可言说的感情。我向小水手带笑说：“小伙计，你呢？”

那个拦头的水手就笑着说：“他吗？只会吃只会哭，做错了事骂两句，还会说点蠢话：‘你欺侮我，我用刀子同你拼命！’拿你刀子来切我的 ××，老子还不见过刀子，怕你！”

小水手说：“老子哭你也管不着！”

拦头的水手说：“不管你你还会有命！落了水爬起来，有什么可哭？我不脱下衣来，先生不把你毯子，不冷死你！

十五六岁了的人，命好早 × 出了孩子，动不动就哭，不害羞！”

正说着，邻船上有水手很快乐地用女人窄嗓子唱起曲子，晃着一个火把，上了岸，往半山吊脚楼取乐去了。

我说：“大伙计，你是不是也想上岸去玩玩？要去就去，我这里有的是零钱。要几角钱？你太累了，我请客！”

掌舵的老水手听说我请客，赶忙在旁打边鼓儿说：“七老，你去，先生请客你就去，两吊钱先生出得起！”

他妩媚地咕咕笑着。我知道那是什么意思，就取了值四吊钱的五角钞票递给他。小水手笑乐着为他把做火炬的废绳燃好。于是推开了篷，这个人就被两个水手推上了岸，也摇晃着个火把，爬上高坎到吊脚楼地方取乐去了。

人走去后，掌舵的水手方把这个人的身世为我详细说出来。原来这个人的履历上，还有十一个月土匪的经验应当添注上去。这个人大白天一面弄船一面吼着说：“老子要死了，老子要做土匪去了。”种种独白的理由，我方完全明白了。

我心中以为这个人既到了河街吊脚楼，若不是同那些宽脸大奶子女人在床上去胡闹，必又坐到火炉边，夹杂在一群划船人中间向火，嚼花生或剥酸柚子吃。那河街照例有屠户，有油盐店，有烟馆，有小客店，还有许多妇人提起竹篾织就的圆烘笼烤手，一见到年轻水手就做眉做眼，还有妇女年纪大些的，鼻梁根扯得通红，太阳穴贴上了膏药，做丑事毫不以为可羞。看中了某一个结实年轻的水手时，只要那水手不讨厌她，还会提了家养母鸡送给水手！那些水手胡闹到半夜里回到船上，把缚着脚的母鸡，向舱里同伴热被上抛去，一些在睡梦里被惊醒的同伴，就会喃喃地骂着："溜子，溜子，你一条 ×× 换一只母鸡，老子明早天一亮用刀割了你！"于是各个臭被一角皆起了咕咕的笑声……

我还正在那个拦头水手行为上，思索到一个可笑的问题，不知道他那么上岸去，由他说来，究竟得到了些什么好处。可是他却出我意料以外，上岸不久又下了河，回到小船上来了。

小船上掌艄水手正点了个小油灯，薄薄灯光照着那水手的快乐脸孔。掌艄向他说："七老，怎么的，你就回来了，不同婊子过夜！"

小水手也向他说了一句野话，那小子只把头摇着且微笑着，赶忙解下了他那根腰带。原来他棉袄里藏了一大堆橘子，腰带一解，橘子便在舱板上各处滚去。问他为什么得了那么多橘子，方知道他虽上了岸，却并不胡闹，只到河街上打了个转，在一个小铺子里坐了一会，见有橘子卖，知道我欢喜吃橘子，就把钱全买了橘子带回来了。

我见他那很有意思的微笑，我知道他这时所做的事，对于他自己感觉如何愉快，我便笑将起来，不说什么了。四个人剥橘子吃时，我要他告给我十一个月做土匪的生活，有些什么可说的事情，让我听听。他就一直把他的故事说到十二点钟。我真像读了一本内容十分新奇的教科书。

天气如所希望的终于放晴了，我同这几个水手在这只小船上已经过了十二个日子。

天既放晴后，小船快要到目的地时，坐在船舱中一角，瞻望澄碧无尽的长流，使我发生无限感慨。十六年以前，河岸两旁黛色庞大石头上，依然是在这样晴朗冬天里，有野莺与画眉鸟从山谷中竹篁里飞出来，在石头上晒太阳，悠然自得地啭唱悦耳的曲子，直到有船近身时，又方始一齐向竹林中飞去。十六年来竹林里的鸟雀，那份从容处，犹如往日一个样子，水面划船人愚蠢朴质勇敢耐劳处，也还相去不远。但这个民族，在这一堆长长日子里，为内战、毒物、饥馑、水灾，如何向堕落与灭亡大路走去。一切人生活习惯，又如何在巨大压力下失去了它原来的纯朴型范，形成一种难于设想的模式！

小船到达我水行的终点浦市时，约在下午四点钟左右。这个经过昔日的繁荣而衰败了多年的码头，三十年前是这个地方繁荣达到顶点的时代。十五年前地方也已大大衰落，那时节沿河长街的油坊，尚常有三两千新油篓晒在太阳下，沿河七个用青石做成的码头，有一半还停泊了结实高大四橹五舱运油船。此外船只多从下游运来淮盐、布匹、花纱，以及川黔边区所需的洋广杂货。川黔边境由旱路运来的朱砂、水银、苎麻、五倍子，莫不在此交货转载。木材浮江而下时，常常半个河面皆是那种大木筏。本地市面则出炮仗，出印花布，出肥人，出肥猪。

河面既异常宽平，码头又特别干净整齐，虽从那些大商号里、寺庙里，都可见出这个商埠在日趋于衰颓，然而一个旅行者来到此地时，一切规模总仍然可得到一个极其动人的印象！街市尽头河下游为一长潭，河上游为一小滩，每当黄昏薄暮，落日沉入大地，天上暮云为落日余晖所烘炙，剩余一片深紫时，大帮货船从上而下，摇船人泊船近岸，在充满了薄雾的河面，浮荡的催橹歌声，又正是一种如何壮丽稀有的歌声！

如今小船到了这个地方后，看看沿河各码头，早已破烂不堪。小船泊定的一个码头，一共有十二只船，除了有一只船载运了方柱形毛铁，一只船载辰溪烟煤，正在那里发签起货外，其他船只似乎已停泊了多日，无货可载。有七只船还在小桅上或竹篙上，悬了一个用竹缆编成的圆圈，作为“此船出卖”的标志。

小船上掌梢水手同拦头水手全上岸去了，只留下小水手守船，我想乘天气还不曾断黑，到长街上去看看这一切衰败了的地方，是不是商店中还能有个把肥胖子。一到街口却碰着了那两个水手，正同个骨瘦如柴的长人在一个商店门前相骂。问问旁人是什么事情，方知道这长子原来是个屠户，争吵的原因只是对于所买的货物分量轻重有所争持。看到他们那么气急败坏大声吵骂无个了结，我就不再走过去了。

下船时，我一个人坐在那小小船只空舱里让黄昏来临，心中只想着一件古怪事情：“浦市地方屠户也那么瘦了，是谁的责任？希望到这个地面上，还有一群精悍结实的青年，来驾驭钢铁征服自然，这责任应当归谁？”一时自然不会得到任何结论。

作于一九三四年

一个多情水手与一个多情妇人

我的小表到了七点四十分时，天光还不很亮。停船地方两山过高，故住在河上的人，睡眠仿佛也就可以多些了。小船上水手昨晚上吃了我五斤河鱼，鱼虽吃过，大约还记得着那吃鱼的原因，不好意思再睡，这时节也已起身，卷了铺盖，在烧水扫雪了，两个水手一面工作一面用野话编成韵语骂着玩着，对于恶劣天气与那些昨晚上能晃着火炬到有吊脚楼人家去同宽脸大奶子妇人纠缠的水手，含着无可奈何的妒忌。

大木筏都得天明时漂滩，正预备开头，寄宿在岸上的人已陆续下了河，与宿在筏上的水手们，共同开始从各处移动木料，筏上有斧斤声与大摇槌嘭嘭敲打木桩的声音。许多在吊脚楼寄宿的人，从妇人热被里脱身，皆在河滩大方间踉跄走着，回归船上。妇人们思情所结，也多和衣靠着窗边，与河下人遥遥传述那种种“后会有期各自珍重”的话语。很显然的事，便是这些人昨夜那点露水恩情上，已经各在那里支付分上一把眼泪与一把埋怨。想到这些眼泪与埋怨，如何糅进这些人的生命中，成为生活之一部分时，使人心中柔和得很！

第一个大木筏开始移动时，在八点左右。木筏四隅数十支大桡，泼水而前，筏上且起了有节奏的“唉”声。接着又移动了第二个。……木筏上的桡手，各在微明中画出一个黑色的轮廓。木筏上某一处必扬着一片红红的火光，火堆旁必有人正蹲下用钢罐煮水。

我的小船到这时节一切也已安排就绪，也行将离岸，向长潭上游溯江而上了。

只听到河下小船邻近不远某一只船上，有个水手哑着嗓子喊人：“牛保，牛保，不早了，开船了呀！”

许久没有回答，于是又听那个人喊道：“牛保，牛保，你不来当真船开动了！”

再过一阵，催促的转而成为辱骂，不好听的话已上口了：“牛保，牛保，狗 × 的，你个狗就见不得河街女人的 × ！”

吊脚楼上那一个，到此方仿佛初从好梦中惊醒，从热被里妇人手臂中逃出，光身爬到窗边来答着：“宋宋，宋宋，你喊什么？天气还早咧。”

“早你的娘，人家木簰全开了，你玩了一夜还尽不够！”

“好兄弟，忙什么！今天到白鹿潭好好地喝一杯！天气早得很！”

“天气早得很，哼，早你的娘！”

“就算是早我的娘吧。”

最后一句话，不过是我的想象。因为河岸水面那一个，虽尚呶呶不已，楼上那一个却也已沉默了。大约这时节那个妇人还卧在床上，也开了口：“牛保，牛保，你别理他，冷得很！”因此即刻又回到床上热被里去了。

只听到河边那个水手喃喃地骂着各种野话，且有意识把船上家伙磕撞得很响。我心想：这是个什么样子的人，我倒应该看看他。且很希望认识岸上那一个。我知道他们那只船也正预备上行，就告给我小船上水手，不忙开头，等等同那只船一块儿开。

不多久，许多木筏离岸了，许多下行船也拔了锚，推开篷，着手荡桨摇橹了。我卧在船舱中，就只听到水面人语声，以及橹桨激水声，与橹桨本身被扳动时咿咿呀呀声。河岸吊脚楼上妇人在晓气迷蒙中锐声地喊人，正如同音乐中的笙管一样，超越众声而上，河面杂声的综合，交织了庄严与流动，一切真是一个圣境。

我出到舱外去站了一会，天已亮了，雪已止了，河面寒气逼人。眼看这些船筏各载上白雪浮江而下，这里那里扬着红红的火焰同白烟，两岸高山则直矗而上，如对立巨魔，颜色淡白，无雪处皆作一片墨绿。奇景当前，有不可形容的瑰丽。

一会儿，河面安静了。只剩下几只小船同两片小木筏，还无开头意思。

河岸上有个蓝面短衣青年水手，正从半山高处人家下来，到一只小船上去，因为必需从我小船边过身，我把这人看得清清楚楚。大眼，宽脸，鼻子短，宽阔肩膊下挂着两只大手（手上还提了一个棕衣口袋，里面填得满满的），走路时肩背微微向前弯曲，看来处处皆证明这个人是一个能干得力的水手，我就冒昧地喊他，同他说话：“牛保，牛保，你玩得好！”

谁知那水手当真就是牛保。

那家伙回过头来看看是我叫他，就笑了。我们的小船好几天以来，皆一同停泊，一同启碇，我虽不认识他，他原来早就认识了我的。经我一问，他有点害羞起来了。他把那口袋举起带笑说道：“先生，冷呀！你不怕冷吗？我这里有核桃，你要不要吃核桃？”

我以为他想卖给我些核桃，不愿意扫他的兴，就说等等我一定向他买些。

他刚走到他自己那只小船边，就快乐地唱起来了。忽然税关复查处比邻吊脚楼人家窗口，露出一个年轻妇人鬓发散乱的头颅，向河下人锐声叫将起来：“牛保，牛保，我同你说的话，你记着吗？”

年轻水手向吊脚楼一方把手挥动着。

“唉，唉，我记得到！……冷！你是怎么的啊！快上床去！”大约他知道妇人起身到窗边时，是还不穿衣服的。

妇人似乎因为一番好意不能使水手领会，有点不高兴的神气。

“我等你十天，你有良心你就赶快来……”说着，“砰”的一声把格子窗放下了。这时节眼睛一定已红了。

那一个还向吊脚楼喃喃说着什么，随即也上了船，我看看，那是一只深棕色的小货船。

我的小船行将开头时，那个青年水手牛保却跑来送了一包核桃。我以为他是拿来卖给我的，赶快取了一张值五角的票子递给他。这人见了钱只是笑。他把钱交还，把那包核桃从我手中抢回去。

“先生，先生，你买我的核桃，我不卖！我不是做生意人（他把手向吊脚楼指了一下，话说得轻了些）。那婊子同我要好，她送我的。送了我那么多，还有栗子、干鱼，还说了许多痴话，等我回来过年咧。……”

慷慨原是辰河水手一种通常的性格，既不要我的钱，皮箱上正搁了一包烟台苹果，我随手取了四个大苹果送给他，且问他：“你回不回来过年？”

他只笑嘻嘻地把头点点，就带了那四个苹果飞奔而去。我要水手开了船，小船已开到长潭中心时，忽然又听到河边那个哑嗓子在喊嚷：“牛保，牛保，你是怎么的？我 × 你的妈，还不下河，我翻你的三代，还……”

一会儿，一切皆沉静了，就只听到我小船船头分水的声音。

听到水手的辱骂，我方明白那个快乐多情的水手，原来得了苹果后，并不即返船，仍然又到吊脚楼人家去了。他一定把苹果献给那个妇人，且告给妇人这苹果的来源，说来说去，到后自然又轮着来听妇人说的痴话，把下河的时间完全忘掉了。

小船已到了辰河多滩的一段路程，长潭尽后就是无数大滩小滩。河水半月来已落下六尺，雪后又照例无风，较小船只即或可以不从大漕上行，沿着河边浅水处走去也仍然十分费事。水太干了，天气又实在太冷了点。我伏在舱口看水手们一面骂野话，一面把长篙向急流乱石间掷去，心中却念及那个多情水手。船上滩时浪头俨然只想把船上人攫走。水流太急，故常常眼看也已到了滩头，过了最紧要处，但在抽篙换篙之际，忽然又会为急流冲下。河水又大又深，大浪头拍岸时常如一个小山，但它总使人觉得十分温和。河水可同一股火，太热情了一点，时时刻刻皆想把人攫走，且仿佛完全只凭自己意见做去。但古怪的是这些弄船人，他们逃避激流同漩水的方法，十分巧妙。他们得靠水为生，明白水，比一般人更明白水的可怕处；但他们为了求生，却在每个日子里每一时间皆有向水中跳去的准备。小船一上滩时，就不能不向白浪里钻去，可是他们却又必有方法从白浪里找到出路。

在一个小滩上，因为河面太宽，小漕河水过浅，小船缆绳不够长不能拉纤，必须尽手足之力用篙撑上，我的小船一连上了五次皆被急流冲下。船头全是水。到后想把船从对河另一处大漕走去，漂流过河时，从白浪中钻出钻进，篷上也沾了水。在大漕中又上了两次，还花钱加了个临时水手，方把这只小船弄上滩。上过滩后问水手是什么滩，方知道这滩名“骂娘滩”（说野话的滩！）。即或是父子弄船，一面弄船也一面得互骂各种野话，方可以把船弄上滩口。

一整天小船尽是上滩，我一面欣赏那些从船舷驰过急于奔马的白浪，一面便用船上的小斧头，敲剥那个风流水手见赠的核桃吃，我估想这些硬壳果，说不定每一颗还都是那吊脚楼妇人亲手从树上摘下，用鞋底揉去一层苦皮，再一一加以选择，放到棕衣口袋里的。望着那些棕色碎壳，那妇人说的“你有良心你就赶快来”一句话，也就尽在我耳边响着。那水手虽然这时节或许正在急水滩头趴伏到石头上拉船，或正脱了裤子涉水过溪，一定却记着吊脚楼妇人的一切，心中感觉十分温暖。每一个日子的过去，便使他与那妇人接近一点点。十天完了，过年了，那吊脚楼上，照例门楣上全贴了红喜钱，被捉的雄鸡“啊呵呵呵”地叫着，雄鸡宰杀后，把它向门角落抛去，只听到翅膀扑地的声音。锅中蒸了一笼糯米饭倒下，两人就开始在一个石臼里捣将起来。一切事就是两个人共力合作，一切工作中皆掺和有笑谑与善意的诅骂。于是当真过年了，又是叮咛与眼泪，在一分长长的日子里有所期待，留在船上另一个放声地辱骂催促着，方下了船，又是胡桃与栗子，干鲤鱼与……

到了午后，天气太冷，无从赶路。时间还只三点左右，我的小船便停泊了。停泊地方名为杨家岨。依然有吊脚楼，飞楼高阁悬在半山中，结构美丽悦目。小船傍在大石边，只须一跳就可以上岸。岸上角脚楼前枯树边，正有两个妇人，穿了毛蓝布衣裳，不知商量些什么，幽幽地说着话。这里雪已极少，山头皆裸露作深棕色，远山则为深紫色，地方静得很，河边无一只船，无一个人，无一堆柴。不知河边哪一个大石后面，有人正在捶捣衣服，一下一下地捣。对河也有人说话，却看不清楚人在何处。

小船停泊到这些小地方，我真有点担心。船上那个壮年水手，是一个在军营中开过小差做过种种非凡事业的人物，成天在船上只唱着“过了一天又一天，心中好似滚油煎”，若误会了我箱中那些带回湘西送人的信笺信封，以为是值钱东西，在唱过了埋怨生活的戏文以后，转念头来玩个新花样，说不定我还来不及被询问“吃板刀面或吃馄饨”以前，就被他解决了。这些事我倒不怎么害怕，凡是蠢人做出的事我不知道什么叫吓怕的，只是有点担心，因为若果这个人做出了这种蠢事，我完了，他跑了，这地方可糟了。地方既属于我那些同乡军官大老管辖，就会把他们可忙坏了。

我盼望牛保那只小船赶来，也停泊到这个地方，一面可以不用担心，一面还可以同这个有人性的多情水手谈谈。

直等到黄昏，方来了一只邮船，靠着小船下了锚。过不久，邮船那一面有个年轻水手嚷着要支点钱上岸去吃“荤烟”，另一个管事的却不允许，两人便争吵起来了。只听到年轻的那一个呶呶絮语，声音神气简直同大清早上那个牛保一个样子，到后来，这个水手负气，似乎空着个荷包，也仍然上岸过吊脚楼人家去了。过了一会还不见他回船，我很想知道一下他到了那里做些什么事情，就要一个水手为我点上一段废缆，晃着那小小火把，引导我离了船，爬了一段小小山路，到了所谓河街。

五分钟后，我与这个穿绿衣的邮船水手，一同坐到一个人家正屋里火堆旁，默默地在烤火了。面前是一个大油松树根株，正伴同一饼油渣，熊熊地燃着快乐的火焰。间或有人用脚或树枝拨了那么一下，便有好看的火星四散惊起。主人是一个中年妇人，另外还有两个老妇人，虽然向水手提出种种问题，且把关于下河的油价、木价、米价、盐价，一件一件来询问他，他却很散漫地回答，只低下头望着火堆。从那个颈项同肩膊，我认得这个人性格同灵魂，竟完全同早上那个牛保一样。我明白他沉默的理由，一定是船上管事的不给他钱，到岸上来赊烟不到手。他那闷闷不乐的神气，可以说是很妩媚。我心想请他一次客，又不便说出口。到后机会却来了，门开处进来了一个年事极轻的妇人，头上裹着大格子花布首巾，身穿葱绿色土布袄子，系一条蓝色围裙，胸前还绣了一朵小小白花。那年轻妇人把两只手插在围裙里，轻脚轻手进了屋，就站在中年妇人身后。说真话，这个女人真使我有点儿“惊讶”。我似乎在什么地方另一时节见着这样一个人，眼目鼻子皆仿佛十分熟悉。若不是当真在某一处见过，那就必定是在梦里了，公道一点说来，这妇人是个美丽得很的生物！

最先我以为这小妇人是无意中撞来玩玩，听听从下河来的客人谈谈下面事情，安慰安慰自己寂寞的。可是一瞬间，我却明白她是为另一件事而来的了，屋主人要她坐下，她却不肯坐下，只把一双放光的眼睛尽瞅着我，待到我抬起头去望她时，那眼睛却又赶快逃避了。她在一个水手面前一定没有这种羞怯，为这点羞怯我心中有点儿惆怅，引起了点儿怜悯。这怜悯一半给了这个小妇人，却留下一半给我自己。

那邮船水手眼睛为小妇人放了光，很快乐地说：“天天，天天，你打扮得真像个观音！”

那女人抿嘴笑着不理会，表示这点阿谀并不稀罕，一会儿方轻轻地说：“我问你，白师傅的大船到了桃源不到？”

邮船水手回答了，妇人又轻轻地问：“杨金保的船？”

邮船水手又回答了，妇人又继续问着这个那个。我一面向火一面听他们说话。却在心中计算一件事情。小妇人虽同邮船水手谈到岁暮年末水面上的情形，但一颗心却一定在另外一件事情上驰骋，我几乎本能地就感到了，这个小妇人是正在对我怀着一点痴想头的。不用惊奇，这不是稀奇事情。我们若稍懂人情，就会明白一张为都市所折磨而成的白脸，同一件称身软料细毛衣服，在一个小家碧玉心中所能引起的是一种如何幻想，对目前的事也便不用多提了。

对于身边这个小妇人，也正如先前一时对于身边那个邮船水手一样，我想不出用个什么方法，就可以使这个有了点儿野心与幻想的人，得到她所要得到的东西。其实我在两件事上皆不能再吝啬了，因为我对于他们皆十分同情。但试想想看，倘若这个小妇人所希望的是我本身，我这点同情，会不会引起五千里外另一个人的苦痛？我笑了。

……假若我给这水手一笔钱，让这小妇人同他谈一个整夜？

我正那么计算着，且安排如何来给那个邮船水手钱，使他不至于感觉难为情。忽然听那年轻妇人问道："牛保那只船？"

那邮船水手吐了一口气："牛保的船吗，我们一同上骂娘滩，溜了四次。末后船已上了滩，那拦头的伙计还同他在互骂，且不知为什么互相用篙子乱打乱转起来，船又溜下滩去了。看那样子不是有一个人落水，就得两个人同时落水。"

有谁发问："为什么？"

邮船水手感慨似的说："还不是为那张 ×！"

几人听着这件事，皆大笑不已。那年轻小妇人，却长长地吁了一口气。

忽然河街上有个老年人嘶声地喊人："夭夭小婊子，小婊子婆，卖 × 的，你是怎么的，夹着两片小 ×，一眨眼又跑到哪里去了！你来！……"

小妇人听门外街口有人叫她，把小嘴收敛做出一个爱娇的姿势，带着不高兴的神气自言自语说："叫骡子又叫了。你就叫吧。夭夭小婊子偷人去了！投河吊颈去了！"咬着下唇很有情致地盯了我一眼，拉开门，放进了一阵寒风，人却冲出去，消失到黑暗中不见了。

那邮船水手望了望小妇人去处那扇大门，自言自语地说："小婊子偏偏嫁老烟鬼，天晓得！"

于是大家便来谈说刚才走去那个小妇人的一切。屋主中年妇人，告给我那小妇人年纪还只十九岁，却为一个年过五十的老兵所占有。老兵原是一个烟鬼，虽占有了她，只要谁有土有财就让床让位。至于小妇人呢，人太年轻了点，对于钱毫无用处，却似乎常常想得很远很远。屋主人且为我解释很远很远那句话的意思，给我证明了先前一时我所感觉到的一件事情的真实。原来这小妇人虽生在不能爱好的环境里，却天生有种爱好的性格。老烟鬼用名分缚着了她的身体，然而那颗心却无从拘束。一只船无意中在码头边停靠了，这只船又恰恰有那么一个年轻男子，一切派头都和水手不同，天天那颗心，将如何为这偶然而来的人跳跃！屋主人所说的话增加了我对于这个年轻妇人的关心。我还想多知道一点，请求她告给我，我居然又知道了些不应当写在纸上的事情。到后来，谈起命运，那屋主人沉默了，众人也沉默了。各人眼望着熊熊的柴火，心中玩味着“命运”两个字的意义，而且皆俨然有一点儿痛苦。

我呢，在沉默中体会到一点“人生”的苦味，我不能给那个小妇人什么，也再不做给那水手一点点钱的打算了，我觉得他们的欲望同悲哀都十分神圣，我不配用钱或别的方法渗进他们命运里去，扰乱他们生活上那一份应有的哀乐。

下船时，在河边我听到一个人唱《十想郎》小曲，曲调卑陋，声音却清圆悦耳。我知道那是由谁口中唱出且为谁唱的。我站在河边寒风中痴了许久。

作于一九三四年

小草与浮萍

小萍儿被风吹着停止在一个陌生的岸旁。他打着旋身睁起两个小眼睛察看这新天地。他想认识他现在停泊的地方究竟还同不同以前住过的那种不惬意的地方。他还想：

——这也许便是诗人告给我们的那个虹的国度里！

自然这是非常容易解决的事！他立时就知道所猜的是失望了。他并不见什么玫瑰色的云朵，也不见什么金钢石的小星。既不见到一个生银白翅膀，而翅膀尖端还蘸上天空明蓝色的小仙人，更不见一个坐在蝴蝶背上，用花瓣上露颗当酒喝的真宰。他看见的世界，依然是骚动骚动像一盆泥鳅那么不绝地无意识骚动的世界。天空苍白灰颓同一个病死的囚犯脸子一样，使他不敢再昂起头去第二次注视。

他真要哭了！他于是唱着歌诉说自己凄惶的心情：

侬是失家人，萍身伤无寄。江湖多风雪，频送侬来去。
风雪送侬去，又送侬归来；不敢识旧途，恐乱侬行迹……

他很相信他的歌唱出后，能够换取别人一些眼泪来。在过去的时代波光中，有一只折了翅膀的蝴蝶堕在草间，寻找不着它的相恋者，曾在他面前流过一次眼泪，此外，再没有第二回同样的事情了！这时忽然有个突如其来的声音止住了他：

“小萍儿，漫伤嗟！同样漂泊有杨花。”

这声音既温和又清婉，正像春风吹到他肩背时一样，是一种同情的爱抚。他很觉得惊异，他想：

——这是谁？为甚认识我？莫非就是那只许久不通消息的小小蝴蝶吧？或者杨花是她的女儿……

但当他抬起含有晶莹泪珠的眼睛四处探望时，却不见一个小生物。他忙提高嗓子：“喂！朋友，你是谁？你在什么地方说话？”

“朋友，你寻不到我吧？我不是那些伟大的东西！虽然我心在我自己看来并不很小，但实在的身子却同你不差什么。你把你视线放低一点，就看见我了。……是，是，再低一点……对了！”

他随着这声音才从路坎上一间玻璃房子旁发见一株小草。她穿件旧到将褪色了的绿衣裳。看样子，是可以做一个朋友的，当小萍儿眼睛转到身上时，她含笑说：“朋友，我听你唱歌，很好。什么伤心事使你唱出这样调子？倘若你认为我够得上做你一个朋友，我愿意你把你所有的痛苦细细的同我讲讲。我们是同在这靠着做一点梦来填补痛苦的寂寞旅途上走着呢！”

小萍儿又哭了，因为用这样温和口气同他说话的，他还是初次入耳呢。

他于是把他往时常同月亮诉说而月亮却不理他的一些伤心事都一一同小草说了。他接着又问她是怎样过活。

“我吗？同你似乎不同了一点。但我也不是少小就生长在这里的。我的家我还记着：从不见到什么冷得打颤的大雪，也不见什么吹得头痛的大风，也不像这里那么空气干燥，时时感到口渴——总之，比这好多了。幸好，我有机会傍在这温室边旁居住，不然，比你还许不如！”

他曾听过别的相识者说过，温室是一个很奇怪的东西。凡是在温室中打住的，不知道什么叫作季节，永远过着春的生活。虽然是残秋将尽的天气，碧桃同樱花一类东西还会恣情的开放。这之间，卑卑不足道的虎耳草也能开出美丽动人的花朵，最无气节的石菖蒲也会变成异样的壮大。但他却还始终没有亲眼见到过温室是什么样子。

“呵！你是在温室旁住着的，我请你不要笑我浅陋可怜，我还不知道温室是怎么样一种地方呢。”

从他这问话中，可以见他略略有点羡慕的神气。

“你不知道却是一桩很好的事情。并不巧，我——”

小萍儿又抢着问：

“朋友，我听说温室是长年四季过着春天生活的！为什么你又这般憔悴？你莫非是闹着失恋的一类事吧？”

“一言难尽！”小草叹了一口气。歇了一阵，她像在脑子里搜索得什么似的，接着又说，“这话说来又长了。你若不嫌烦，我可以从头一一告诉你。我先前正是像你们所猜想的那么愉快，每日里同一些姑娘们少年们有说有笑的过日子。什么跳舞会啦，牡丹与芍药结婚啦……你看我这样子虽不什么漂亮，但筵席上少了我她们是不欢的。有一次，真的春天到了，跑来了一位诗人。她们都说他是诗人，我看他那样子，同不会唱歌的少年并没有什么不同。我一见他那尖瘦有毛的脸嘴，就不高兴。嘴巴尖瘦并不是什么奇怪事，但他却尖得格外讨厌。又是长长的眉毛，又是崭新的绿森森的衣裳，又是清亮的嗓子，直惹得那一群不顾羞耻的轻薄骨头发癫！就中尤其是小桃——”

“那不是莺哥大诗人吗？”照小草所说的那诗人形状，他想，必定是会唱赞美诗的莺哥了。但穿绿衣裳又会唱歌的却很多，因此又这样问。

“嘘！诗人？单是口齿伶便一点，简直一个儇薄儿罢了！我分明看到他弃了他居停的女人，飞到园角落同海棠偷偷地去接吻。”

她所说的话无非是不满意于那位漂亮诗人。小萍儿想：或者她对于这诗人有点妒意吧！

但他不好意思将这疑问质之于小草，他们不过是新交。他只问：

“那么，她们都为那诗人轻薄了！”

“不。还有——”

“还有谁？”

“还有玫瑰。我虽然是常常含着笑听那尖嘴无聊的诗人唱情歌，但当他嬉皮涎脸地飞到她身边，想在那鲜嫩小嘴唇上接一个吻时，她却给他狠狠地刺了一下。”

“以后——你？”

“你是不是问我以后怎么又不到温室中了吗？我本来是可以在那里住身的。因为秋的饯行筵席上，大众约同开一个跳舞会，我这好动的心思，又跑去参加了。在这当中，大家都觉到有点惨沮，虽然是明知春天终不会永久消逝。”

“诗人呢？”

“诗人早不知到什么地方去了。有些姐妹们也想，因为无人唱诗，所以弄得满席抑郁不欢。不久就从别处请了一位小小跛脚诗人来。他小得可怜，身上还不到一粒白果那么大。穿一件黑油绸短袄子，行路一跳一跳——”

“那是蟋蟀吧？”其实小萍儿并不与蟋蟀认识，不过这名字对他很熟罢了！

“对。他名字后来我才知道的。那你大概是与他认识了！他真会唱。他的歌能感动一切，虽然调子很简单。——我所以不到温室中过冬，愿到这外面同一些不幸者为风雪暴虐下的牺牲者一道，就是为他的歌所感动呢。——看他样子那么渺小，真不值得用正眼刷一下。但第一句歌声唱出时，她们的眼泪便一起为他挤出来了！他唱的是‘萧条异代不同时’。这本是一句旧诗，但请想，这样一个饯行的筵席上，这种诗句如何不敲动她们的心呢？就中尤其感到伤心的是那位密司柳。她原是那绿衣诗人的旧居停。想着当日‘临流顾影，婀娜丰姿’，真是难过！到后又唱到‘姣艳芳姿人阿谀，断枝残梗人遗弃……’把密司荷又弄得嚎啕大哭了。……还有许多好句子，可惜我不能一一记下。到后跛脚诗人便在我这里住下了。我们因为时常谈话，才知道他原也是流浪性成了随遇而安的脾气。——”

他想，这样诗人倒可以认识认识，就问：

“现在呢？”

“他因性子不大安定，不久就又走了！”

小萍儿听到他朋友的答复，怃然若有所失，好久好久不作声。他末后又问她唱的“小萍儿，漫伤嗟，同样漂泊有杨花！”那首歌是什么人教给她的时，小草却掉过头去，羞涩地说，就是那跛脚诗人。

一九二五年二月十四日作

流光

上前天，从鱼处见到三表兄由湘寄来的信，说是第二个儿子已有了四个月，会从他妈怀抱中做出那天真神秘可爱的笑样子了。我惘然想起了过去的事。

那是三年前的秋末。我正因为对一个女人的热恋得到轻蔑的报复，决心到北国来变更我不堪的生活，由芷江[①]到了常德。三表兄正从一处学校辞了事不久，住在常德一个旅馆中。他留着我说待明春同行。本来失了家的我，无目的地流浪，没有什么不可，自然就答应了。我们同在一个旅馆同住一间房，并且还同在一铺床上睡觉。

穷困也正同如今一样。不过衣衫比这时似乎阔绰了一点。我还记得我身上穿的那件蓝绸棉袍，初几次因无罩衫，竟不大好意思到街上去。脚下那英国式尖头皮鞋，也还是从上海新买的。小孩子的天真，也要多一点，我们还时常斗嘴哭脸呢。

也许还有别种缘故吧，那时的心情，比如今要快乐高兴得

---

① 芷江：地名，位于湖南西部。1920—1921 年间，沈从文曾在此地任屠宰税的收税员。

多了。并不很小的一个常德城，大街小巷，几乎被我俩走遍。尤其感生兴味不觉厌倦的，便是熊伯妈家中与F女校了。熊家大概是在高山巷一带，这时印象稍稍模糊了。她家有极好吃的腌萵苣、四季豆、醋辣子、大蒜；每次我们到时，都会满盘满碗从大腹水坛内取出给我们尝。F女校却是去看望三表嫂——那时的密司易——而常常走动。

我们同密司易是同行。但在我未到常德以前却没有认识过。我们是怎么认识的，这时想不起了！大概是死去不久的漪舅母为介绍过一次。……唔！是了！漪舅妈在未去汉口以前，原是住在F校中！而我们同三表兄到F校中去会过她。当第一次见面时，谁曾想到这就是半年后的三表嫂呢！两人也许发现了一种特别足以注意的处所！我们在回去路上，似乎就说到她。

她那时是在F女校充级任教员。

我们是这样一天一天地熟下去了。两个月以后，我们差不多是每天要到F女校一次。我们从旅馆去女校，有三里远近。间或因有一点别的事情——如有客，或下雨，但那都很少——不能在下午到F校同上课那样按时看望她时，她每每会打发校役送来一封信。信中大致说有事相商，或请代办一点什么。事情当然是有。不过，总不是那么紧急应当即时就办的。不待说，他们是在那里创造永远的爱了。

不知为甚，我那时竟那样愚笨，单把兴味放在一架小小风琴上面去了，完全没有发现自己已成了别人配角。

三表哥是一个富于美术思想的人。他会用彩色绫缎或通草粘出各样乱真的花卉，又会绘画，又会弄有键乐器。性格呢，是一个又细腻又怯懦，极富于女性的，掺和黏液神经二质而成的人。虽说几年来常在外面跑，做一点清苦教书事业，把先时在凤凰充当我小学校教师时那种活泼优美的容貌，用衰颓沉郁颜色代去了一半，然清癯的丰姿，温和的性格，在一般女性看来，依然还是很能使人愉快满意的！

在当时的谈话中，我还记着有许多次不知怎么便谈到了恋爱上去。其实这也很自然！这时想来，便又不能不令人疑到两方的机锋上，都隐着一个小小针。我们谈到婚姻问题时，她每每这样说："运用书本上得来一点理智——虽然浅薄——便可以吸引异性虚荣心、企慕心，为永远或零碎的卖身，成了现代婚姻的，其实同用金钱成交的又相差几许？我以为感情的结合，两方各在赠予，不在获得。……"

她结论是"我不爱……其实独身还好些"。这话用我的经验归纳起来，其意正是：过去所见的男性，没有我满意的，故不愿结婚。

一个有资格为人做主妇，为小孩子做母亲，却寻不到适意对手的女人，大都是这么说法。这正是一点她们应有的牢骚。她当然也不例外。

凡是两方都在那里用高热力创造爱情时。谁也会承认，这是非常容易达到"中和"途径的！于是，不久，他们便都以为可以共同生活下去，好过这未来的春天了。虽然他俩也会在稍稍冷静时，察觉到对方的不足与缺陷，不过那时的热情狂潮，已自动地流过去弥缝了，所以他们就昂然毅然……自然别人没法阻间也不须阻间。

这消息传出后，就有许多同学姐姐妹妹，不断地写信来劝她再思三思。这是一些不懂人情、不明事理人的蠢话罢了！哪能听得许多?

在他们还没有结婚之前，我被不可抵抗的命运之流又冲到别处去了，虽然也曾得到他们结婚照片，也曾得过他夫妇几次平常的通讯。不久，又听到三表兄已成为一个孩子的父亲了。不久，又听到小孩子满七天时得惊风症殇掉了！……在第一次我叫三表嫂、三表兄觑着我做出会心的微笑，而她却很高兴地亲自跑进厨房为我蒸清汤鲫鱼时，那时他们仍在常德住着，我到她寓中候轮。这又是去年夏天的事了！

在这三四年当中，她生命上自必有许多值得追怀，值得流泪，值得歌咏的经过；可是，我，还依然是我！几年前所眷恋的女人，早安分地为别人做二夫人养小孩子了！到最近来便连梦也难于梦见。人呢，一天一天地老去了！长年还丧魂失魄似的东荡西荡，也许生活的结束才是归宿。……

原载一九二五年三月二十一日《晨报副刊》

遥夜

一

我似乎不能上这高而危的石桥，不知是哪一个长辈曾像用嘴巴贴着我耳朵这样说过：“爬得高，跌得重！”究竟这句话出自什么地方，我实不知道。

石桥美丽极了。我不曾看过大理石，但这时我一望便知道除了大理石以外再没有什么石头可以造成这样一座又高大、又庄严、又美丽的桥了！这桥搭在一条深而窄的溪涧上，桥两头都有许多石磴子；上去的那一边石磴是平斜好走的，下去的那边却陡峻笔直。我不知不觉就上到桥顶了。我很小心地扶着那用黑色明角质做成的空花栏杆向下望，啊，可不把我吓死了！三十丈，也许还不止。下面溪水大概涸了，看着有无数用为筑桥剩下的大而笨的白色石块，懒懒散散睡了一溪沟。石罅里，小而活泼的细流在那里跳舞一般地走着唱着。

我又仰了头去望空中，天是蓝的，蓝得怕人！真怪事！为甚这样蓝色天空会跳出许许多多同小电灯一样的五色小星星来？它们满天跑着，我眼睛被它光芒闪花了。

这是什么世界呢？这地方莫非就是通常人们说的天宫一类的处所吧？我想要找一个在此居住的人问问，可是尽眼力向各方望去，除了些葱绿参天的树木，柳木根下一些嫩白色水仙花在小剑般淡绿色叶中露出圆脸外，连一个小生物——小到麻雀一类东西也不见！……或是过于寒冷了吧！不错，这地方是有清冷冷的微风，我在战栗。

但是这风是我很愿意接近的，我心里所有的委屈当第一次感受到风时便通给吹掉了！我这时绝不会想到二十年来许多不快的事情。

我似乎很满足，但并不像往日正当肚中感到空虚时忽然得到一片涂满果子酱的烤面包那么满足，也不是像在月前一个无钱早晨不能到图书馆去取暖时，忽然从小背心第三口袋里寻出一枚两角钱币那么快意，我简直并不是身心的快适，因为这是我灵魂遨游于虹的国，而且灵魂也为这调和的伟大世界溶解了！

——我忘了买我重游的预约了，这是如何令人怅惘而伤心的事！

二

当我站在靠墙一株洋槐背后，偷偷地展开了心的网幕接受那银筝般歌声时，我忘了这是梦里。

她是如何的可爱，我虽不曾认识她的面孔便知道了。她是又标致、又温柔、又美丽的一个女人，人间的美，女性的美，她都一人占有了。她必是穿着淡紫色的旗袍，她的头发必是漆黑有光……我从她那拂过我耳朵的微笑声，攒进我心里的清歌声，可以断定我猜想的一点不错。

她的歌是生着一对银白薄纱般翅膀的；不止能跑到此时同她在一块用一块或两三块洋钱买她歌声的那俗恶男子心中去，并且也跑进那个在洋槐背后胆小腼腆的孩子心里去了！……也许还能跑到这时天上小月儿照着的一切人们心里，借着这清冷有秋意夹上些稻香的微风。

歌声停了。这显然是一种身体上的故障，并非曲的终止。我依然靠着洋槐，用耳与心极力搜索从白花窗幕内漏出的那种继歌声以后而起的窸窣。

“哏……！”这是一种多么悦耳的咳嗽！可怜啊！这明是小喉咙倦于紧张后的一种娇惰表示。想着承受这娇惰表示以后那一瞬的那个俗恶厌物，心中真似乎有许多小小花针在刺。但我并不即因此而跑开，骄傲心终战不过妒忌心呢。

“再唱个吧！小鸟儿。”像老鸟叫的男子声撞入我耳朵。这声音正是又粗暴又残忍惯于用命令式使对方服从他的金钱的玩客口中说的。我的天！这是对于一个女子，而且是这样可爱可怜的女子应说的吗？她那银筝般歌声就值不得用一点温柔语气来恳求吗？一块两三块洋钱把她自由尊贵践踏了，该死的东西！可恶的男子！

她似乎又在唱了！这时歌声比先前的好像生涩了一点，而且在每个字里、每一句里，以及尾音，都带了哭音；这哭音很易发现。继续的歌声中，杂着那男子满意高兴奏拍的掌声；歌如下：

可怜的小鸟儿啊！
你不必再歌了吧！
你歌咏的梦已不会再实现了。
一切都死了！

一切都同时间死去了！
使你伤心的月姐姐披了大氅，
不会为你歌声而甩去了，
同你目语的星星已嫁人了，
玫瑰花已憔悴了——为了失恋，
水仙花已枯萎了——为了失恋。

可怜的鸟儿啊！
你不必——请你不必再歌了吧！
我心中的温暖，

为你歌取尽了！

可怜的鸟儿啊！

为月，为星，为玫瑰，为水仙，为我，为一切，

为爱而莫再歌了吧！

我实在无勇气继续地听下去了。我心中刚才随歌声得来一点春风般暖气，已被她以后歌声追讨去了！我知道果真再听下去，定要强取我一汪眼泪去答复她的歌意。

我立刻背了那用白花窗幔幕着的窗口走去，渺渺茫茫见不到一丝光明，心中的悲哀，依然挤了两颗热泪到眼睛前来……

被角的湿冷使我惊醒，歌声还在心的深处长颤。

一九二四年圣诞节后一日北京作

原载一九二五年一月十九日《晨报副刊》

三

即或是没有这些砰砰訇訇的炮声将我脆弱的灵魂摇撼，我依然也不能睡觉啊！想着这时的九二姑娘知是怎样，她也许孤零的一人，正在那阴阴沉沉的囚笼般小房中，暗淡灯光下，抽

抽咽咽地将伊伤心眼泪，滴放在我给伊那张丝笺上！她也许正为伊那归依者搂在怀里，而勉强装出笑容，让那带有酒气的嘴巴，在伊颊上连吻！她也许因伤心极了，哭倦了，而熟睡了！她也会想念着过去的那一瞥，而怅惘大哭罢？

我不知觉间，又把汗衫袋内伊那两张折皱了的信纸取出了。我知道这上面有伊银箫般声音，有伊玫瑰般微笑！我用口吻了又用眼泪来浸湿。

伊匆匆忙忙地走去，便向人海中消失了！伊的遗物，怕除了我颊间保留着温馨的吻，与镂在心版上温柔微笑的淡影外，便只是这两张从一册练习簿上扎下来，背着“伊的他”，战战栗栗用铅笔写把我的信了！

伊说：是无期徒刑的人，永无自由之期，永无……在这当中，谁能救拔她？伊又说虽用力冲过了礼教墙垣，然而如今在自己耕耘的园地里，发生了许多荆棘却不能再想法拔去；伊又说欲读书却被事势所牵制，在近来，即外出亦非容易；伊又说伊的他是怎样对伊处处施以难堪压迫；伊末了还说不愿意我爱伊，爱伊实反伤伊心，而且处到此种情景下，两者都有不幸。

伊虽知道别人是用诱骗手段把伊成为占有物，但不能得家庭与社会的谅解；伊虽知道自己应负责继续生活下去，但伊毛羽已为伊的他剪去……伊结果只怨命。

伊如今正为着“命”将倩影又向人海中消失了！

啊！亲爱的可怜的姑娘！你承认是“命”，何必又定要在你临走那头一晚上，将你那又甜又苦的热泪，流放在一个孩子的脸上来呢？你要我不必爱你，那么，你也应不须爱我……我真惭愧，不能用力来援助你；你不会于这时怨我罢？我想，你对你可怜的弟弟，或不至有丝毫憎恨！你知道你可怜的弟弟，是怎样到这喧扰纷争的世界上，不为人齿，孤独畸零地活着！

你走了，把我交付你，请你用爱丝织成网，紧紧包裹着那颗冰冷的、灰色的、不完整的小心也带着跑了！这是你的胜利，但是，我呢？空空洞洞的我，怎么来生下去？……是！我的心如今依然还是在我胸腔里，但你已把它揉碎了，你已把它啮去一角了！

狠心的姑娘！

我还记着在你动身以前给你那信——

……姑娘！将你那珍珠般眼泪尽量地随意流吧！不要吝惜。我愿它为我把所受的冷酷侮辱洗去，我愿它把我溺死。

不错！我曾小孩般倒在你怀里大哭，在那寂寥冷清的公园中。我怎么不这样怅然惘然，当你那小小嘴唇第一次在一个孩子瘦颊上为爱洗礼时，它抚摸遍了我旧痛新创。

你说他们眼睛是一堵墙，阻隔了我俩；他们眼睛是一双剑，寒光逼住了我俩——我不能爱你，你不敢爱我！但是，你那丰腴柔嫩的小颊，终于昨天到我庞儿上了，他们，无聊的他们，算得什么东西？

……

这时，我要在一些刻薄、冷酷、毒恶、无意思的监视下，不措意似的，把窗幔甩去，承受你那近身时温柔的一瞥，已不可得了！我要冒着刮面寒风，跑到社稷坛左右，寻找那合并映在银白色月光下的两个黑影，已不能够了！即或伤心身世，再不会有人来为我拭眼角余泪！再不会有人来偎着脸慰藉我了！……再不会有人来劝我珍重为忧伤而憔悴的身子了！

我向哪里去找我那失去了的心的碎片？……的确，除非梦里，除非梦里：但是，梦又是怎么一种不可凭靠的东西！

姑娘！可爱而又可怜的姑娘啊！请你放老实点，依然用你那柔荑，轻轻地轻轻抚着我头上的长发，我要在你那浅浅微涡的颊边吻到醒后；倘若是梦能有凭。

一九二四年除夕

原载一九二五年二月三日《晨报副刊》

四

在别人如狂如醉的欢喜热闹中我伴着寂寞居然也把这年节挨过了。从昨天到街头无目地闲踱买来的一张晚报上，我才知道如今已是初五。时光老人好匆忙的脚步！

为着无聊，同六弟与十弟在厂甸潮水般的人众中挤了一身臭汗。在我前后的无量数男男女女——有身上红红绿绿如花似玉为施爱而来的青年女人，有脑满肠肥举动迟钝的绅士，有服饰华丽为求女人青盼的儇薄少年，有……他们她们都高兴到一百二十分似的：肩挨肩，背靠背，在那里慢慢移动。平日无人行走的公园这时正像一个大盆，满着上一盆泥鳅。也许他们她们在此盆中同时发现了一种或多种极有意思的玩意儿，足以开心，而我不会领略，所以反觉更加感到孤独无聊！

不久，我们又为着人的潮流一同冲出外面来了。

六与十都说是时间还没有到吃晚饭左右，最好是跑到十四的家中去拜年。他们说的大致是不会错的。把拜年除开，第一是六可以看看几天不见了的伊，而十弟也可以就便为八妹拜年，但他们口上的理由却单提为十四夫妇拜年。

“充配角也充厌了！我何苦又定要去到那充满着幸福——富贵与爱美——的家中看别人演喜剧呢？即或我这麻木的感官，稍稍刺激是不怎么要紧，然从别人脸上勉强表示出来的欢迎神气，也就够要人消受啊！……”

不过到后来，我这“顽固”的意思，终敌不过口上的牵扯；也是我自己在克制我顽固，我即刻又跳上洋车，向二十四胡同进发了。

拜年究竟也还合算，只要一进屋，口上提出嗓子喊一声，进门时向着老主人略略把腰一屈，就完事了。拜年的所得，不是小时候在故乡中像周家娘似的送一串用红绒绳穿就的自制钱；却只是一盘五颜六色的糖果。这糖不知叫什么名儿，吃时但觉软软的滑滑的，大概是很值钱，也许还是什么西洋的东西，这也算是我的幸福。

在一间铺陈耀眼的客室中，着上了一个乡下气未脱寒伧气十足的我，真是不大什么适宜！我处处觉得感到迫束。但软松褐色靠椅上坐着实在比公寓中冷板凳好一点，而且主人还未回，六与十也很直率地替主人留客——失了自主力的我，也只好不说走了。

"……女人，那么一对一对：十四与九，六与十一，十与八。……一个做太太的主妇，一个做不问家事单享点快乐的老爷。老爷到外面找钱，两太太便到家中用。太太二十五六，老爷四十三……年龄虽似乎远了一点，但有钱可以把两方不匀称的调和，大不致妨事……太太娇憨若不解事，处处还露出孩子气……虽然已有了几个小小爱的结晶，但这并不影响到太太方面。太太依然是年轻、美丽……老爷公余回家，宴会以外，便享受太太的狂爱……即或是太太嗔怒多于喜乐，但这初不妨于幸福丝微……自然！有时还非这个不见的有趣。"

"六呢，经济上是拙笨了一点。然而她们资质很恰当，而性格趣味亦不见多少龃龉，在十一的神情举止间看来，还不是个二十四岁以上的姑娘……虽说是……但总还剩下一大段青春足供她俩浪费。"

"十与八呢，他们正都是在创造爱的时候，前途正有许多许多满开着白花，莺唱着情歌……可爱的春天可走。”

“我呢，我就是我。……一个人单单做梦，做一切的……我是专做梦的人，这也好。……”

“特意来拜年的！”

我昏昏迷迷靠在客室那张褐色椅上睁起眼睛做梦，给六一声把我吵醒了。进房来的是一个阔绰而和气的胖子，这不要说就可以知道是主人了,我连忙站起来把我为到别人面前而做出的笑脸，加上一倍高兴神气。照面一下，又得六与十为介绍了一句：“这是三弟！”

头一次困难总算解除了。谈了两分钟“天气的好丑”，最后便是吃点心。

我总会是因为久久不向一个陌生人做笑脸了，从对坐那个小镜子中，我发见我自己困难的神色。在这样新年到人家屋里不是能做这样阴惨惨样子给主人看的。从这中，别人会引起比厌恶还更甚的误会。我只好尽他们谈话，把头慢慢移到壁间那几张油画上面去。

十一来了，她是依然像小孩子般可爱。大凡女人们既没有什么很不如意的事情——譬如死丈夫、丈夫讨小，或丈夫不在家专到外面鬼混，或两方面相差处太多，或家长不好……自然是很不容易老的，何况又有许多许多洋货铺为向外国几万里路运贩新奇化妆品呢。伊虽已为六做了七八年主妇，年龄也快到卅数目相近了，但任谁看来，都会承认伊是又风韵又活泼、窈窕、温柔、娇美——在间或有个时候，还会当着旁人，在六面前撒一点娇痴的一个妇人。

伊把六手上夹着年糕的筷子用极敏捷手法抢了过去，六但笑了一笑。有幸福的六！

“伊不是有意在那里骄傲人吗！”

即或不是故意给我难堪，然这样我如何能看？我又悔恨我先前为甚不顽固到底了！

女主人十四同她八妹不久都来了，在伊等背后又同来了一位相貌不大引人注意——说刻薄点是有点笨傻——然而命好，衣衫漂亮时髦的少年。这自然是很有意思的一回事！十四夫妇一对，六与十一又是一对，十与八也可以算成一对：他们她们虽不能像公园中那么手挽着手儿谈话，脸偎着脸儿亲热，然他们各人心是融合的，心是整个的。我们虽是相互地谈着笑着，我无论如何是不会跑进他们心上去占据着一小角位置！终于我又要起身跑了。在我身子为他们制住，口中在设辞解释我要去的意思时，眼泪正朝里面心上流。

……

虽然在炫目的电灯下、大餐桌上，吃了一餐极精美丰富的晚饭，但心灵上的痛苦，却找不出什么相当的代价来赔偿了！

一月三十日

原载一九二五年二月十二日《晨报副刊》

五

那陌生的不知名的年轻的姑娘啊！一个孩子，一个懦弱的、渺小的、不为人所注意的平凡孩子，在这世界沉眠但有微细鼾呼的寂寞深夜，凭了凄清的流注到窗上床上的水银般漾动的月光，用眼泪为酒浆，贡献给神面前，祝你永生；祝你美丽的面目，不为一切悲哀之魔所啮伤；祝你纯洁的灵魂，永不浸入丑笨的世界缩影；祝你同玫瑰般，常井笑靥于芳春时节；祝你同春风般，到处使一切欢愉苏生，使世界光明璀璨；祝你沉酣的梦境里，能寻出神所吝惜与你的一切要求……萧萧的秋夜雨声中，你还能在你所爱的少年怀里安睡。

啊啊！姑娘！生命中的一刹那，这不过流星在长空无极间一瞥，这不过电花在漆黑深夜里一闪；但是，我便已成了你灵魂的俘虏了！我忘了社会告给我们的无意思的理性梏链；把我这无寄顿的爱，很自然地放到你苍穹般——纯洁伟大崇高的灵魂上面了！假使你知道到耶路撒冷的参朝圣地的人们是怎样一种志诚，在慈母摇篮里的小孩的微笑是怎样一种真率；你当知我是怎样地敬你。

日来的风也太猖狂了，我为了扫除我星期日的寂寞，不得不跑到东城一友人校中去消蚀这一段生命。诅咒着风的无聊，也许人人都一样。但是，当我同你在车上并排地坐着时，我却对这风私下致过许多谢忱了。风若知同情于不幸的人们，稍稍地——只要稍稍地因顾忌到一切的摧残而休息一阵，我又哪能有这样幸福？你那女王般骄傲，使我内心生出难堪的自惭，与毫不相恕的自谴。我自觉到一身渺小正如一只猫儿，初置身于一陌生锦绣辉煌的室中，几欲惶惧大号。……这呆子！这怪物！这可厌的东西！……当我惯于自伤的眼泪刚要跑出眶外时，我以为同坐另外几个人，正这样不客气地把那冷酷的视线投到我身上，露出卑鄙的神气。

到这世上，我把被爱的一切外缘，早已挫折消失殆尽了！我哪能再振勇气多看你一眼？

你大概也见到东单时颓然下车的我，但这对你值不得在印象中久占，至多在当时感到一种座位宽松后的舒适罢了！你又哪能知道车座上的一忽儿，一个同座不能给人以愉快的平常而且褴褛的少年，心中会有许多不相干的眼泪待流？

我不是什么诗人，不能用悦耳的清歌唱出灵魂中的蕴藏，我的（真美善）创作品，怕不过从灰败的凹陷的两个眼眶中泻出的一汪清泪罢了！明月在我被上伏着，除她还有谁能知道？

明月也跑去了！

二月二十二日

原载一九二五年三月九日《晨报副刊》

云南看云

云南是因云而得名的。可是外省人到了云南一年半载后，一定会和本地人差不多，对于云南的云，除却只能从它变化上得到一点晴雨知识，就再也不会单纯地来欣赏它的美丽了。看过卢锡麟先生的摄影后，必有许多人方俨然重新觉醒，明白自己是生在云南，或住在云南。云南特点之一，就是天上的云变化得出奇。尤其是傍晚时候，云的颜色，云的形状，云的风度，实在动人。

战争给许多人一种有关生活的教育，走了许多路，过了许多桥，睡了许多床，此外还必然吃了许多想象不到的小苦头。然而真正具有教育意义的，说不定倒是明白许多地方各有各的天气，天气不同还多少影响到一点人事。云有云的地方性：中国北部的云厚重，人也同样那么厚重。南部的云活泼，人也同样那么活泼。海边的云幻异，渤海和南海云各不相同，正如两处海边的人性情不同。河南的云一片黄，抓一把下来似乎就可以做窝窝头，云粗中有细，人亦粗中有细。湖湘的云一片灰，长年挂在天空一片灰，无性格可言，然而橘子辣子就在这种地方大量产生，在这种天气下成熟，却给湖南人增加了生命的发展和进取精神。四川的云与湖南云虽相似而不尽相同，巫峡峨眉高峰把云分割又加浓，云有了生命，人也有了生命。

论色彩丰富，青岛海面的云应当首屈一指。有时五色相渲，千变万化，天空如展开的一张锦毯。有时素净纯洁，天空只见一片绿玉，别无它物，看来令人起轻快感、温柔感、音乐感、情欲感。一年中有大半年天空完全是一幅神奇的图画，有青春的嘘息，煽起人狂想和梦想。海市蜃楼即在这种天空显现，海市蜃楼虽并不常在人眼底，却永远在人心中。秦皇汉武的事业，同样结束在一个长生不死青春常在的美梦里，不是毫无道理的。云南的云给人印象大不相同，它的特点是素朴，影响到人性情也应当挚厚而单纯。

云南的云似乎是用西藏高山的冰雪和南海长年的热风，两种原料经过一种神奇的手续完成的，色调出奇地单纯，唯其单纯反而见出伟大。尤以天时晴明的黄昏前后，光景异常动人。完全是水墨画，笔调超脱而大胆。天上一角有时黑得如一片漆，它的颜色虽然异样黑，给人感觉竟十分轻。在任何地方“乌云蔽天”照例是个沉重可怕的象征，唯有云南傍晚的黑云，越黑反而越不碍事，且表示第二天天气必然顶好。几年前中国古物运到伦敦展览时，有一个赵松雪[①]作的卷子，名《秋江叠嶂》，

---

① 赵松雪：即赵孟頫，元书画家。

净白如玉的澄心堂纸上用浓墨重重涂抹，给人印象却十分美秀。云南的云也恰恰如此，看来只觉得黑而秀。

可是我们若在黄昏前后，到城郊外一个小丘上去，或坐船在滇池中，看到这种云彩时，低下头来一定会轻轻地叹一口气。具体一点将发生“大好河山”感想，抽象一点将发生“逝者如斯”感想。心中一定觉得有些痛苦，为一片悬在天空中的沉静黑云痛苦。因为这东西给了我们一种无言之教，比目前政论家的文章、宣传家的讲演、杂感家的讽刺文，都高明得多，深刻得多，同时还美丽得多。觉得痛苦原因或许也就在此。那么好看的云，孕育了在这一片天底下讨生活的人，究竟是些什么？是一种精深博大的人生思想？还是一种单纯美丽的诗的感情？若把它与地面所见、所闻、所有两相对照，实在使人不能不痛苦！

在这美丽天空下，人事方面，我们每天所能看到的，除了空洞的论文、不通的演讲、小巧的杂感，此外似乎到处就只碰到“法币[①]”。商人和银行办事人直接为法币而忙。最可悲的现象，实无过于大学校的商学院，每到注册上课时，照例人数必最多。这些人其所以习经济、习会计，都可说对于生命毫无高尚理想可言，目的只在毕业后入银行做事。“熙熙攘攘，皆为利往，挤挤挨挨，皆为利来，利之所在，群集若蛆。”社会

---

① 法币：国民党中央银行1935年11月禁止银圆流通后，由中央银行、中国银行、交通银行三行发行的纸币为法币。

研究所的专家，机会一来即向银行跑。习图书馆的，弄考古的，学外国文学的，因为亲戚、朋友、同乡……种种机会，又都挤进银行或相近金融机关做办事员。大部分优秀脑子，都给真正的法币和抽象的法币弄得昏昏的，失去了应有的灵敏与弹性，以及对于“生命”较高的认识。其余无知识的脑子，成天打算些什么，也就可想而知了。云南的云即或再美丽一点，对于多数人还似乎毫无意义可言的。

近两个月来，本市在连续的警报中，城中二十万市民，无一不早早地就跑到郊外去，向天空把一个颈脖昂酸，无一人不看到过几片天空飘动的浮云，仰望结果，不过增加了许多人对于财富得失的忧心罢了。“我的法币下落了”“我的汽油上涨了”“我的事业这一年发了五十万财”“我从公家赚了八万三”等，这还是就仅有十几个熟人中说说的。此外说不定还有三五个教授之流，终日除玩牌外无其他娱乐，会想到前一晚上玩麻雀牌输赢事情，聊以解嘲似地自言自语“我输牌不输理”。这种教授先生当然是不输理的，在警报解除以后，还不妨跑到老同学住处去，再玩个八圈，证明一下输的究竟是什么。一个人若乐意在地下爬，以为是活下来最好的姿势，他人劝说站起来走，或更盼望他挺起脊梁来做个人，当然是不会有什么结果的。

就在这么一个社会一种情形中，卢先生却来展览他在云南的照相，告给我们云南除法币以外还有些什么。即以天空的云彩言，色彩单纯的云有多健美，多飘逸，多温柔，多崇高！观众人数多，批评好，正说明只要有人会看云，就从云影中取得一种诗的感兴和热情，还可望将这种尊贵的感情，转给另外一种人。换言之，就是云南的云即或不能直接教育人，还可望由一个艺术家的心与手，间接来教育人。卢先生照相的兴趣，似乎就在介绍这种美丽感印给多数人，所以作品中对于云物的题材，处理得特别好。每一幅云都有一种不同的性情，流动的美。不纤巧，不做作，不过分修饰，一任自然，心手相印，表现得素朴而亲切。作品成功是必然的。可是得到“赞美”不是艺术家最终的目的，应当还有一点更深的意义。我意思是如果一种可怕的实际主义，正在这个社会各组织各阶层间普遍流行，腐蚀我们多数人做人的良心、做人的理想，且在同时把每一个人都有形无形市侩化。社会中优秀分子一部分，所梦想，所希望，也都只是糊口混日子了事，毫无一种较高的情感，更缺少用这情感去追求一个美丽而伟大的道德原则的勇气时，我们这个民族应当怎么办？大学生读书的目的，不是站在柜台边做行员，就是坐在公事房做办事员，脑子都不用，都不想，只要有一碗饭吃就算有了出路。甚至于做政论的，做讲演的，写不高明讽刺文的，习理工的，玩玩文学充文化人的，信教的……出路也都是只顾眼前。大众眼前固然都有了出路，这个国家的明天，是不是还有希望可言，我们如真能够像卢先生那么静观默会天空的云彩，云物的美丽也许会慢慢地陶冶我们、启发我们、改造我们，使我们习惯于向远景凝眸，不敢坠落，不甘心坠落。我以为这才像是一个艺术家最后的目的。正因为这个民族是在求发展，求生存。战争已经三年。战争虽败北，不气馁，虽死亡万千人民，牺牲无数财富，亦仍然能坚持抗战，就为的是这战争背后还有个庄严伟大的理想，使我们对于忧患之来，在任何情形下都能忍受。我们其所以能忍受，不特是我们要发展，要生存，还要为后来者设想，使他们活在这片土地上，更好一点，更像人一点！我们责任那么严重而且又那么困难，所以不特多数知识分子必然要有一个较坚朴的人生观，拉之向上，推之向前，就是做生意的，也少不了需要那么一分知识，方能够把企业的发展与国家的发展，放在同一目标上，分道并进，异途同归！

举一个浅近的例来说说：我们的眼光注意到“出路”“赚钱”以外，若还能够估量到在滇越铁路的另一端，正有多少鬼蜮成性阴险狡诈的木屐儿，圆睁两只鼠眼，安排种种巧计阴谋，在武力与武器无作用地点，预备把劣货倾销到昆明来，且把推销劣货的责任，派给昆明市的大小商家时，就知道学习注意远处，实在是目前一件如何重要的事情！照相必选择地点，取准角度，方可望有较好成就。做人何尝不是一样，明分际，识大体，“有所不为”，敌人虽花样再多，劣货在有经验商家的眼中，总依然看得出，取舍之间是极容易的。

若只图发财，见利忘义，“无所不为”，日本货变成国货，改头换面，不过是反手间事！劣货推销仅仅是若干有形事件中之一种。此外各层知识阶级中不争气处，所作所为，实在更甚于此者。

所以我觉得卢先生的摄影，不只是给人看看，还应当给人深思。

一九四〇年作于昆明

第四辑

历史为河

由达园致张兆和

我行过许多地方的桥，看过许多次数的云，喝过许多种类的酒，却只爱过一个正当最好年龄的人。

××：

你们想一定很快要放假了。我要玖到 ×× 来看看你，我说：“玖，你去为我看看 ××，等于我自己见到了她。去时高兴一点，因为哥哥是以见到 ×× 为幸福的。”不知道玖来过没有？玖大约秋天要到北平女子大学学音乐，我预备秋天到青岛去。这两个地方都不像上海，你们将来有机会时，很可以到各处去看看。北平地方是非常好的，历史上为保留下一些有意义极美丽的东西，物质生活极低，人极和平，春天各处可放风筝，夏天多花，秋天有云，冬天刮风落雪，气候使人严肃，同时也使人平静。×× 毕了业若还要读几年书，倒是来北平读书好。

你的戏不知已演过了没有？北平倒好，许多大教授也演戏，还有从女大毕业的，到各处台上去唱昆曲，也不为人笑话。使戏子身份提高，北平是和上海稍稍不同的。

听说 ×× 到过你们学校演讲，不知说了些什么话。我是同她顶熟的一个人，我想她也一定同我初次上台差不多，除了红脸不会有再好的印象留给学生。这真是无办法的，我即或写了一百本书，把世界上一切人的言语都能写到文章上去，写得极其生动，也不会做一次体面的讲话。说话一定有什么天才，×××是大家明白的一个人，说话嗓子洪亮，使人倾倒，不管他说的是什么空话废话，天才还是存在的。

我给你那本书，《××》同《丈夫》都是我自己欢喜的，其中《丈夫》更保留到一个最好的记忆，因为那时我正在吴淞，因爱你到要发狂的情形下，一面给你写信，一面却在苦恼中写了这样一篇文章。我照例是这样子，做得出很傻的事，也写得出很多的文章，一面糊涂处到使别人生气，一面清明处，却似乎比平时更适宜于做我自己的事。××，这时我来同你说这个，是当一个故事说到的，希望你不要因此感到难受。这是过去的事情，这些过去的事，等于我们那些死亡了最好的朋友，值得保留在记忆里，虽想到这些，使人也仍然十分惆怅，可是那已经成为过去了。这些随了岁月而消逝的东西，都不能再在同样情形下再现了的，所以说，现在只有那一篇文章，代替我保留一些生活的意义。这文章得到许多好评，我反而十分难过，任什么人皆不知道我为了什么原因，写出一篇这样文章，使一些下等人皆以一个完美的人格出现。

我近日来看到过一篇文章，说到似乎下面的话：“每人都有一种奴隶的德性，故世界上才有首领这东西出现，给人尊敬崇拜。因这奴隶的德性，为每一人不可少的东西，所以不崇拜首领的人，也总得选择一种机会低头到另一种事上去。”××，我在你面前，这德性也显然存在的。为了尊敬你，使我看轻了我自己一切事业。我先是不知道我为什么这样无用，所以还只想自己应当有用一点。到后看到那篇文章，才明白，这奴隶的德性，原来是先天的。我们若都相信崇拜首领是一种人类自然行为，便不会再觉得崇拜女子有什么稀奇难懂了。

你注意一下，不要让我这个话又伤害到你的心情，因为我不是在窘你做什么你做不到的事情，我只在告诉你，一个爱你的人，如何不能忘你的理由。我希望说到这些时，我们都能够快乐一点，如同读一本书一样，仿佛与当前的你我都没有多少关系，却同时是一本很好的书。

我还要说，你那个奴隶，为了他自己，为了别人起见，也努力想脱离羁绊过。当然这事做不到，因为不是一件容易的事情。为了使你感到窘迫，使你觉得负疚，我以为很不好。我曾做过可笑的努力，极力去同另外一些人要好，到别人崇拜我愿意做我的奴隶时，我才明白，我不是一个首领，用不着别的女人用奴隶的心来服侍我，却愿意自己做奴隶，献上自己的心，给我所爱的人。我说我很顽固地爱你，这种话到现在还不能用别的话来代替，就因为这是我的奴性。

××，我求你，以后许可我做我要做的事，凡是我要向你说什么时，你都能当我是一个比较愚蠢还并不讨厌的人，让我有一种机会，说出一些有奴性的卑屈的话，这点是你容易办到的。你莫想，每一次我说到“我爱你”时你就觉得受窘，你也不用说“我偏不爱你”，作为抗拒别人对你的倾心。你那打算是小孩子的打算，到事实上却毫无用处的。有些人对天成日成夜说，“我赞美你，上帝！”有些人又成日成夜对人世的皇帝说，“我赞美你，有权力的人！”你听到被赞美的“天”同“皇帝”，以及常常被称赞的日头同月亮，好的花，精致的艺术回答说“我偏不赞美你”的话没有？一切可称赞的，使人倾心的，都像天生就是这个世界的主人，他们管领一切，统治一切，都看得极其自然，毫不勉强。一个好人当然也就有权力使人倾倒，使人移易哀乐，变更性情，而自己却生存到一个高高的王座上，不必作任何声明。凡是能用自己各方面的美攫住别的人灵魂的，他就有无限权威，处置这些东西，他可以永远沉默，日头，云，花，这些例举不胜举。除了一只莺，他被人崇拜处，原是他的歌曲，不应当哑口外，其余被称赞的，大都是沉默的。××，你并不是一只莺。一个皇帝，吃任何阔气东西他都觉得不够，总得臣子恭维，用恭维作为营养，他才适意，因为恭维不甚得体，所以他有时还发气骂人，让人充军流血。××，你不会像帝皇。一个月亮可不是这样的，一个月亮不拘听到任何人赞美，不拘这赞美如何不得体，如何不恰当，它不拒绝这些从心中涌出的呼喊。××，你是我的月亮。你能听一个并不十分聪明的人，用各样声音，各样言语，向你说出各样的感想，而这感想却因为你的存在，如一个光明，照耀到我的生活里而起的，你不觉得这也是生存里一件有趣味的事吗？

“人生”原是一个宽泛的题目，但这上面说到的，也就是人生。为帝王作颂的人，他用口舌“娱乐”到帝王，同时他也就“希望”到帝王。为月亮写诗的人，他从它照耀到身上的光明里，已就得到他所要的一切东西了。他是在感谢情形中而说话的，他感谢他能在某一时望到蓝天满月的一轮。××，我看你同月亮一样……是的，我感谢我的幸运，仍常常为忧愁扼着，常常有苦恼（我想到这个时，我不能说我写这个信时还快乐）。因为一年内我们可以看过无数次月亮，而且走到任何地方去，照到我们头上的，还是那个月亮。这个无私的月不单是各处皆照到，并且从我们很小到老还是同样照到的。至于你，“人事”的云翳，却阻拦到我的眼睛，我不能常常看到我的月亮！一个白日带走了一点青春，日子虽不能毁坏我印象里你所给我的光明，却慢慢地使我不同了。“一个女子在诗人的诗中，永远不会老去，但诗人，他自己却老去了。”我想到这些，我十分忧郁了。生命都是太脆薄的一种东西，并不比一株花更经得住年月风雨，用对自然倾心的眼，反观人生，使我不能不觉得热情的可珍，而看重人与人凑巧的藤葛。在同一人事上，第二次的凑巧是不会有的。我生平只看过一回满月。我也安慰自己过，我说，“我行过许多地方的桥，看过许多次数的云，喝过许多种类的酒，却只爱过一个正当最好年龄的人。我应当为自己庆幸……”。这样安慰到自己也还是毫无用处，为“人生的飘忽”这类感觉，我不能忍受这件事来强作欢笑了。我的月亮就只在回忆里光明全圆，这悲哀，自然不是你用得着负疚的，因为并不是由于你爱不爱我。

仿佛有些方面是一个透明了人事的我，反而时时为这人生现象所苦，这无办法处，也是使我只想说明却反而窘了你的理由。

××，我希望这个信不是窘你的信。我把你当成我的神，敬重你，同时也要在一些方便上，诉说到即或是真神也很糊涂的心情，你高兴，你注意听一下，不高兴，不要那么注意吧。天下原有许多稀奇事情，我×××× 十年，都缺少能力解释到它，也不能用任何方法说明，譬如想到所爱的一个人的时候，血就流走得快了许多，全身就发热作寒，听到旁人提到这人的名字，就似乎又十分害怕，又十分快乐。究竟什么原因，任何书上提到的都说不清楚，然而任何书上也总时常提到。“爱”解作一种病的名称，是一个法国心理学者的发明，那病的现象，大致就是上述所及的。

你是还没有害过这种病的人，所以你不知道它如何厉害。有些人永远不害这种病，正如有些人永远不害麻疹伤寒，所以还不大相信伤寒病使人发狂的事情。××，你能不害这种病，同时不理解别人这种病，也真是一种幸福。因为这病是与童心成为仇敌的，我愿意你是一个小孩子，真不必明白这些事。不过你却可以明白另一个爱你而害着这难受的病的痛苦的人，在任何情形下，却总想不到是要窘你的。我现在，并且也没有什么痛苦了，我很安静，我似乎为爱你而活着的，故只想怎么样好好地来生活。假使当真时间一晃就是十年，你那时或者还是眼前一样，或者已做了某某大学的一个教授，或者自己不再是小孩子，倒已成了许多小孩子的母亲，我们见到时，那真是有意思的事。任何一个作品上，以及任何一个世界名作作者的传记上，最动人的一章，总是那人与人纠纷藤葛的一章。许多诗是专为这点热情的指使而写出的，许多动人的诗，所写的就是这些事，我们能欣赏那些东西，为那些东西而感动，却照例轻视到自已，以及别人因受自已所影响而发生传奇的行为，这个事好像不大公平。因为这个理由，天将不许你长是小孩子。“自然”使苹果由青而黄，也一定使你在适当的时间里，转成一个“大人”。××，到你觉得你已经不是小孩子，愿意做大人时，我倒极希望知道你那时在什么地方做些什么事，有些什么感想。“崔苇”是易折的，“磐石”是难动的，我的生命等于“崔苇”，爱你的心希望它能如“磐石”。

望到北平高空明蓝的天，使人只想下跪，你给我的影响恰如这天空，距离得那么远，我日里望着，晚上做梦，总梦到生着翅膀，向上飞举。向上飞去，便看到许多星子，都成为你的眼睛了。

××，莫生我的气，许我在梦里，用嘴吻你的脚，我的自卑处，是觉得如一个奴隶蹲到地下用嘴接近你的脚，也近于十分亵渎了你的。

我念到我自己所写到“‘崔苇’是易折的，‘磐石’是难动的”时候，我很悲哀。易折的崔苇，一生中，每当一次风吹过时，皆低下头去，然而风过后，便又重新立起了。只有你使它永远折伏，永远不再作立起的希望。

一九三一年六月北平

昆明

三姐：

这信是托一个人带来的：我为给你写信，脑子全搅乱了，不知要如何写下去好。我很希望依然能够从从容容同你谈点人事天气，我写来快乐点，你看来也舒服点，但是办不到。一写总像同你生气似的，我为你前一来信工作又搁了一礼拜。心里很乱，头很乱，信写来写去老是换纸。写到后来总不知不觉要问到你究竟是什么意思，是打算来，打算不来？是要我，是不要我？因为到了应当上路时节还不上路，你不能不使人感疑有点别的原因。你从前说的对我已“无所谓”，即或是一句“牢骚”，但事实上你对于上路的态度，却证明真有点无所谓。我所有来信说的话，在你看来都无所谓。

你的迁延游移，对我这里所有的影响是什么事也不能做，纵做也不会好。这样下去自然受不了。

所以我现在同你来商量，你想来，就上路，不愿意来，就说“不来”（不必说什么理由，我明白理由）。从你信上说准了不来，我心定了，不必老担着一份心，我就要他们把护照寄回缴销，了一件事，如此一来，你不会再接我这种无理催促的信，过日子或安静一点，不会巴巴白盼望，脑子会好一点。

决定不来后，这半年还要多少钱，可来信告我一声，当为筹措拨来。我这里一切情形，你无兴味，我将不至于再来连篇累牍烦你了（你只说是为孩子，爱他们，怕他们上路受苦所以不来，不以为是变相分离，这一切都由你）。我这里得到你决定不来信息后，心一定，将重新起始好好地过日子下去。再不做等待的梦，会从实际上另外找出点儿工作去做。

我们这里事务年底结束一部分，明年从新另做。你们来，我自然留下不动，若不来，或到那时我就换个地方。有好些地方我都可去，同小龙三叔一处，就是种很好的生活。虽危险点，意义也好点。

给我来信时说老实话，不要用什么不必要的理由，表示你“预备来，只是得等等”，如此等下去。这么等下去是毫无意义的，费钱，费事，费精神的。时移世变，人寿几何？共同过日子，若不能令你满意，感到麻烦和委屈，我为爱你，自然不应当迫促你来受麻烦受委屈。只要你住下来心安理得，我为忏悔数年来共同生活种种对不起你处，应尽的责任必尽。为了种种不得已原因，我此后的信或者不能照往常那么多了，还望你明白这时是战争，话不好说，也无什么可说，加以原谅。你只好照料孩子，不必以远人为念，我自己会保重，因为物质上接济，对孩子们责任，我不至于因你任何情形，我就不肯负责。凡是我对你们应尽的责任，永远不会推辞。

我心乱也只是很短期间的事，痛苦也不久长，过不多久就会为“职务”或“责任”上的各种工作，来代替转移了。我很愿意你和孩子幸福而快乐。很愿意你觉得所有的打算，的确使你少些麻烦，忘掉委屈。单独住下来比同我在一处，有意思些，安静些，合乎理想些。

我写到这里时心很静，不生气，不失望。我依然爱你和孩子，虽然你们对于我即或可有可无，我也不在意。这里天气热时，可以穿夹衣，今天天气又冷一点儿，我的厚驼绒袍又上身了。桌上有两个孩子的相片，很乖很可爱。我看了许多书，看书的结果，使我好像明白了些过去不明白的事情。看苏格拉底，那种做人的派头，很有意思……写这个信时，竟似乎把六七年写信的情绪完全恢复过来了。你还年轻，不大明白我，我也不需要你明白。你尽管照你打算去生活吧。

我很想用最公平的态度、最温和的态度向你说，倘若你真认为我们的共同生活，很委屈了你，对你毫无好处，同在一处只麻烦，无趣味，你无妨住下不动。倘若你认为过去生活是一种错误，要改正，你有你的前途，同我在一处毁了你的前途，要重造生活，要离开我重新取得另外一份生活，只为的是恐社会不谅，社会将事实颠倒，不责备我却反而责备你，因此两难，那么，我们来想方设法，造成我一种过失（故意造成我一种过失），好让你得到一个理由取得你的自由，你的幸福。总之在共同生活上若不能给你以幸福，就用别的方法换你所需要幸福，凡事好办。我在小问题上也许好像是个难说话的人，在这些大处却从无损人利己企图，还知所以成人之美，还能忍受，还会做人。我很希望你处置这类事，能用理智，不用情感。不必为我设想，我到底是一个男子，如果受点打击为的是不善待你而起，这打击是应当忍受的。我已经是个从世界上各种生活里生活过来的人，过去的生活上的变动太大，使我精神在某方面总好像有点未老先衰的神气，在某方面又不大合乎常态，在某方面总不会使近在身边的人感到满意，都是很自然的，不足为奇的。我也可以说已经老了。你呢，几年来同我在一处过日子，虽事事委屈你受挫折麻烦，一言难尽。孩子更牵绊身边，拘束累赘消磨了少年飞扬之气不少。但终究还年轻得很，前途无限。在情感上我不绊着你，在行为上孩子不绊住你，你的生活还可以同许多女孩子一样，正可在社会上享受各种的殷勤，自由选择未来的生活。要变更生活，重造生活，只要你愿意，大致是非常便利的！不用为我设想，去做你所要做的事情罢。倘若我们生活在委屈你外一无所得，我决不用过去拘束你的未来行为。你即或同我在一处，你还有权利去选择你认为是好的生活。你永远是一个自由人。

我把住处已整理得很好了，窄而小，可是来个客坐下时很舒适。两个长篇已开始载出，一个八月十三起始，一个八月七号起始。我想想，我这个人在生活上恐怕得永远失败了，弄不出什么好成绩了，对家人、朋友，都不容易令人如何满意（即或我对此十分努力也是徒然），我的唯一成就，或者还是一些篇幅不大的小册子。我的理想，我的友谊，我的热情，我的智慧，也只能用在这一堆小册子上。即如这些作品，所谓最好的读者，也不会对之有多少认识，不过见着它在社会上存在，俨然特殊的存在，就发生一点兴味罢了。真正说来倒是孑然孤立存在到这个世界上，倏然而来悠然而去，对这个流俗趣味支配一切的世界是不生多大影响的。想到这里，我毫无悲伤情绪。我正在学习古来所谓哲人，虽活在世界上，却如何将精神加以培养，爱憎与世俗分离，独立阅世处世的态度。学认识自己，控制自己，为的是便于观察人生，了解人生。自己做到不忧、不乐、不惧、不私地步，看一切就清楚许多。目前还不免常有所蔽，学养不到家，因此易为物囿。在作品上能表现"明察"，还不能表现"伟大"，再经过一些试练—— 一些痛苦的教训、一种努力，会不同点。间或也不免为一些人事上的幻念所苦，似乎忍受不来，驾驭不住，可是一切慢慢地都会弄好的。譬如你即或要离我他去，我也会用理性管制自己，依然好好地做事做人，且继续我对孩子应负的责任。在任何情绪下我将学习"不责人"的生活观。不轻于责人，却严以律己，将自己生活情感合理化，如此活在这个社会中，对于个人虽很容易吃亏，对于人类说不定可望有一点不大不小的贡献。

不要以为我说的是气话，我无理由生你的气。我告你的是你应当明白的。至于你自己呢，你似乎还不大明白你自己，因此对我竟好像仅仅为迁就事实，所以支吾游移。对共同过日子似乎并无多大兴味，因此正当兵荒马乱年头，他人求在一处生活还不可得，你却在能够聚首机会中，轻轻地放过许多机会。说老实话，你爱我，与其说爱我为人，还不如说爱我写信。总乐于离得远远的，宁让我着急、生气、不受用，可不大愿意同来过一点儿平静的生活。你认为平静是对你的疏忽，全不料到平静等于我的休息，可以准备精力做一点永久事业。你有时说不定真也会感到对我“无所谓”，以为许多远近生熟他人，对你的尊敬与爱重，都比我高过许多，而你假若同其中一个生活，全会比同我在一处更合宜，更容易发展所长。换言之，就是假若和这些人过日子，一定不至于有遇人不淑之感。可是你却无勇气去试验，去改造。这有感想难实现的种种，很显然只能更增加你对事实上的我日觉得平凡，而对于抽象中的他人觉得完美。我很盼望你有机会证实下你的想象，不必为我设想，去试验另一种人生。如果能得到幸福，那是你应当得到的幸福，如果结果失望，那你还不妨回头，去掉那点遇人不淑之感，我们还可把生活过得上好！你既不能如此，也不肯如彼，所以弄得成现在情形。你要怎么办（爱我或不爱我），我就不大明白，你自己也仿佛不十分明白。（正因为如果自己很明白，就不至于对行止游移，且在游移中迁延时日了。）不相信试去想想，分析一下自己，追究一下自己，看看这种游移是不是恰恰表现你主意不定的情状。（表示你不愿来，不能去，以如此分开权为得计的情状。）这么分开两地。原来是见不得而如此，你却转以为好，有办法和机会带孩子来，尚不自觉见出你乐于分居的态度。我说的不自知，正即谓此。你还不大知道这么办对目前为得计，对长久如何失计。因为如此下去，在你感觉中对我的遇人不淑之感，即或因“眼不见心不烦”可以减少一些，对人的证实幻想机会却极多，又永不去完全证实一下，情形就很容易成为对我的好意的忽略，对自己无决断无判断力的继续，你想想，这于你有什么好处？孩子有什么好处？你对南行的态度就恰恰看出你对生活的态度。你若自己知道的多一点时，行或止都会有更确定的主张，拿得出这种主张。

在来信上我老爱问你：“ 究竟意思是怎么样？ ”因为你处处见出模糊。我还要说“一切由你”，免得你觉得我对你有所拘束，行动不能自由，无从自主。我很需要你在一切自由情形下说明你的意思。要甘苦与共地同过患难日子？要生活重造不再受我的委屈？要不即不离维持当前形势？不妨在来信中说个明白。我可以告你的是：我决不利用我的地位，我的别的拘束你、限制你、缠缚你。你过去当前未来永远是个自由人。你倘若有什么理想，我乐于受点损害完成你的理想。你要飞，尽可飞。你如果一面要迁就事实，一面又要违反事实，只想两人生活照常分得远远的，用读读来信打发日子，我只怕在短期中你会失望，这种信写得来也寄不来，因为这时代是“战争时代”！看看这天又过去了，什么事也不能做，写了那么多“老话”。斜阳在窗间划出一条长线，想起自己的命运，转觉好笑。我自己原来处处还是一个“乡下人”，所有意见与计算，说来都充满呆气，行不通的。家庭生活不能令你发生兴趣，如此时代，还认为在一处只有麻烦，离得远远的反而受用，你自然是有理由的。我的生活表面上好像已经很安定了，精神上总是老江湖飘飘荡荡。情绪上充满了悲剧性，都是我自己编排成的，他人无须负责也不必给予同情的。我觉得好笑，为什么当时不做警察，倒使我现在还愿意做一警察。

四弟兆顿首

一九三八年八月十九日

三年前的十一月二十二日

六点钟时天已大亮，由青岛过济南的火车，带了一身湿雾骨碌骨碌跑去。从开车起始到这时节已整八点钟，我始终光着两只眼睛。三等车车厢中的一切全被我看到了，多少脸上刻着关外风雪记号的农民！我只不曾见到我自己，却知道我自己脸色一定十分难看。我默默地注意一切乘客，想估计是不是有一个学生模样的青年人，认识徐志摩，知道徐志摩。我想把一个新闻告给他，徐志摩死了，就是那个给年轻人以蓬蓬勃勃生气的徐志摩死了。我要找寻这样一个说说话，一个没有，一个没有。

我想起他《火车擒住轨》那一首诗。

火车擒住轨，在黑夜里奔，
过山，过水，过陈死人的坟；
过桥，听钢骨牛喘似的叫，
过荒野，过门户破烂的庙；
……
睁大了眼，什么事都看分明，
但自己又何尝能支使命运？

这里那里还正有无数火车的长列在寒风里奔驰，写诗的人已在云雾里全身带着火焰离开了这个人间。想到这件事情时，我望着车厢中的小孩、妇人、大兵，以及吊着长长的脖子打盹，作成缢毙姿势的人物。从衣着上看，这是个佃农管事。好像他迟早是应当上吊的。

当我动手把车窗推上时，一阵寒风冲醒了身旁一个瘦瘪瘪的汉子，睡眼迷蒙地向窗口一望，就说："到济南还得两点钟。"说完时看了我一眼，好像知道我为什么推开这窗子吵醒了他，接着把窗口拉下，即刻又吊着颈脖睡去了。去济南的确还得两点钟！我不好意思再惊醒他了，就把那个为车中空气凝结了薄冰的车窗，抹了一阵，现出一片透明处。望到济南附近的田土，远近皆流动着一层乳白色薄雾。黑色或茶色土壤上，各装点了细小深绿的麦种。一切是那么不可形容的温柔沉静，不可形容的美！我心想：为什么我会坐在这车上，为什么一个忽然会死？我心中涌起了一种古怪的感情，我不相信这个人会死。我计算了一下，这一年还剩两个月，十个月内我死了四个最熟的朋友。生死虽说是大事，同时也就可以说是平常事。死了，倒下了，瘪了，烂了，便完事了。倘若这些人死去值得纪念，纪念的方法应当不是眼泪，不是仪式，不是言语。采真是在武汉被人牵至欢迎劳苦功高的什么伟人彩牌楼下斩首的，振先是在那个永远使读书人神往倾心的"桃源洞"前被捷克制自动步枪打死的，也频是给人乱枪排了，和二十七个同伴一起躺到臭水沟里的，如今却轮到一个“想飞”的人，给在云雾里烧毁了。一切痛苦的记忆综合到我的心上，起了中和作用。我总觉得他们并不当真死去。多力的、强健的、有生气的，守在一个理想勇猛精进的，全给是早早地死去了。却留下多少早就应当死去了的阉鸡、懦夫与狡猾狐鬼，愚人妄大，在白日下吃、喝、听戏、说谎、开会、著书、批评攻击与打闹！想起生者，方真正使人悲哀！

落雨了，我把鼻子贴住玻璃。想起《车眺》那首诗。

八点左右火车已进了站。下了火车，坐上一辆人力车，尽那个看来十分忠厚的车夫，慢慢地拉我到齐鲁大学。在齐鲁大学最先见到了朱经农，一问才知道北平也来了三个人，南京也来了两个人。上海还会有三四个人来。算算时间，北来车已差不多要到了。我就又匆匆忙忙坐了车赶到津浦车站去，同他们会面。在候车室里见着了梁思成、金岳霖同张奚若。再一同过中国银行，去找寻一个陈先生，这个陈先生便是照料志摩死后各事，前一天搁下了业务，带了夫人冒雨跑到飞机出事地点去，把志摩从飞机残烬中拖出，加以洗涤、装殓，且伴同志摩遗体同车回到济南的。这个人在志摩生前并不与志摩认识，却充满热情来完成这份相当辛苦艰巨的任务。见到了陈先生，且同时见到了从南京来的郭有守和张慰慈先生，我们正想弄明白出事地点在何处，预备同时前去看看。问飞机出事地点离济南多远，应坐什么车。方知道出事地点离济南约二十五里，名白马山站，有站不停车。并且明白死者遗体昨天便已运到了济南，停在城里一个小庙里了。

那位陈先生报告了一切处置经过后，且说明他把志摩搬回济南的原因。

“我知道你们会来，我知道在飞机里那个样子太惨，所以我就眼看着他们伕子把烧焦的衣服脱去，把血污洗尽，把破碎的整理归一，包扎停当，装入棺里，设法运回济南来了！”

他话说的比记下的还多一些，说到山头的形势、去铁路的远近、山下铁路南有一个什么小村落，以及向村中居民询问飞机出事时情形所得的种种。

那时正值湿雾季节，每天照例总是满天灰雾。山峦、河流、人家，一概都裹在一种浓厚湿雾里。飞机去济南差不到三十里，几分钟就应当落地。机师卫姓，济南人，对于济南地方原极熟悉。飞机既已平安超越了泰山高岭，估计时间，应当已快到济南，或者为寻觅路途，或者为寻觅机场，把飞机降低，盘旋了许久，于是訇地碰了山头发了火。

着了火后的飞机，翻滚到山脚下，等待这种火光引起村子里人注意，赶过来看时，飞机各部分皆着了火，已燃烧成为一团火了。躺在火中的人呢，早完事了。两个飞机师皆已成为一段焦炭，志摩座位在后面一点，除了衣服着火皮肤有一部分灼伤外，其他地方并不着火。那天夜里落了小雨，因此又被雨淋了一夜。这件事直到第二天方为去失事地方较近的火车站站长知道，赶忙报告济南和南京，济南派人来查验证明后，再分别拍电报告北平南京。济南方面陈先生派过出事地点时，是二十的中午。当二十二大清早我们到济南时，去出事时已经三天了。

我们一同过志摩停柩处时，约九点半钟，天正落小雨，地下泥滑滑的，那地方是个小庙，庙名似乎叫“福缘庵”。一进去小院子里，满是济南人日常应用的陶器。这里是一堆钵头，那里有一堆瓦罐，正中有一堆大瓮同一堆粗碗，两廊又是一列一列长颈脖贮酒用的罂瓶。庙屋很小，房屋只有一进三间，神座上与泥地上也无处不是陶器。原来这地方是个售卖陶器的堆店。在庙中偏右墙壁下，停了一具棺材，两个缩头缩颈的本地人，正在那里烧香。

两个工人把棺盖挪开，各人皆看到那个残破的遗体了，我们低下头来无话可说。我们有什么可说？棺木里静静地躺着的志摩，戴了一顶红顶绒球青缎子瓜皮帽，帽前还嵌了一小方丝料烧成“帽正”，露出一个掩盖不尽的额角，右额角上一个李子大斜洞，这显然是他的致命伤。眼睛是微张的，他不愿意死！鼻子略略发肿。想来是火灼炙的。门牙脱尽，额角上那个小洞，皆可说明是向前猛撞的结果。这就是永远见得生气勃勃，永远不知道有“敌人”的志摩。这就是他？他是那么爱热闹的人，如今却这样一个人躺在这小庙里。安静地躺在这个小而且破的古庙里，让一堆坛坛罐罐包围着的，便是另外一时生龙活虎一般的志摩吗？他知道他在最后一刻，扮了一角什么样稀奇角色！不嫌脏、不怕静，躺到这个地方，受济南市土制香烟缭绕的门外是一条热闹街市，恰如他诗句中的“有市谣围抱”，真是一件任何人也想象不及的事情。他是个不讨厌世界的人，他欢喜这世界上一切光与色。他欢喜各种热闹，现在却离开了这个热闹世界，向另一个寒冷宁静虚无里走去了。年纪还只三十六岁！由于停棺处空间有限，亲友只能分别轮流走近棺侧看看死者。

各人都在一分凄凉沉默里温习死者生前的声音与光彩，想说话说不出口。仿佛知道这件事得用着另一个中年工人来说话了，他一面把棺木盖挪拢一点，一面自言自语地说：“死了，完了，你瞧他多安静。你难受，他并不难受。”接着且告给我们飞机坠地的形式、与死者躺在机中的情形，以及手臂断折的部分、腿膝断折的部分、胁下肋条骨断折的部分。原来这人就是随同陈先生过出事地点装殓志摩的。志摩遗体的洗涤与整理皆由他一手处置。末了他且把一个小篮子里的一角残余的棉袍、一只血污泥泞透湿的袜子，送给我们看。据他说照情形算来，当飞机同山头一撞时，志摩大致即已死去，并不是撞伤后在痛苦中烧死的传闻，那是不可能的。

十一点听人说飞机骨架也已运到车站，转过车站去看飞机时，各处皆找不着，问车站中人也说不明白，因此又回头到福缘庵，前后在棺木前停下来约三个钟头。雨却越下越大，出庙时各人两脚都是从积水中通过的。

一个在铁路局做事朋友，把起运棺柩的篷车也已交涉停妥，上海来电又说下午五点志摩的儿子同他的亲戚张嘉铸可以赶到济南。上海来人若能及时赶到，棺柩就定于当天晚上十一点上车。

正当我们想过中国银行去找寻陈先生时，上海方面的来人已赶到福缘庵，朱经农夫妇也来了，陈先生也来了。烧了些冥楮[①]，各人谈了些关于志摩前几天离上海南京时的种种，天夜下来了。我们各个这时才记起已一整天还不曾吃饭的事情，被邀到一个馆子去吃饭，做东的是济南中国银行行长某先生。吃过了饭，另一方面起柩上车的来报告人伕也已准备完全。我同北平来的梁思成等三人急忙赶到车站上去等候，八点半钟棺柩上了车。这列车是十一点后方开行的。南行车上，伴了志摩向南的，有南京来的郭有守，有上海来的张嘉铸和张慰慈同志和摩的儿子徐积锴。从北平来的几个朋友留下在济南，还预备第二天过飞机出事地点看看的。我因为无相熟住处，当夜十点钟就上了回青岛的火车。

在站上，车辆同建筑，一切皆围裹在细雨湿雾里。这一次同志摩见面，真算是最后一次了。我的悲伤或者比其他朋友少一点，就只因为我见到的死亡太多了。我以为志摩智慧方面美丽放光处，死去了是不能再得的，固然十分可惜。但如他那种潇洒与宽容，不拘迂，不俗气，不小气，不势利，以及对于普

---

① 冥楮：纸钱。

遍人生万汇百物的热情，人格方面美丽放光处，他既然有许多朋友爱他崇敬他，这些人一定会把那种美丽人格移植到本人行为上来。

这些人理解志摩，哀悼志摩，且能学习志摩，一个志摩死去了，这世界不因此有更多的志摩了？

纪念志摩的唯一的方法，应当扩大我们个人的人格，对世界多一分宽容，多一分爱。也就因为这点感觉，志摩死去了三年，我没有写过一句伤悼他的话。志摩人虽死去了，他的做人稀有的精神，应分能够长远活在他的朋友中间，起着良好的影响，我深深相信是必然的。

友情

一九八〇年十一月，我初次在美国哥伦比亚大学一个小型的演讲会讲话后，就向一位教授打听在哥大教中文多年的老友王际真先生的情况，很想去看看他。际真曾主持哥大中文系达二十年，那个系的基础，原是由他奠定的。即以《红楼梦》一书研究而言，他就是把这部十八世纪中国著名小说节译本介绍给美国读者的第一人。人家告诉我，他已退休二十年了，独自一人住在大学附近一个退休教授公寓三楼中。后来又听另外人说，他的妻不幸早逝，因此人很孤僻，长年把自己关在寓所楼上，既极少出门见人，也从不接受任何人的拜访，是个古怪老人。

我和际真认识，是在一九二八年。那年他由美返国，将回山东探亲，路过上海，由徐志摩先生介绍我们认识的。此后曾继续通信。我每次出了新书，就给他寄一本去，我不识英语，当时寄信用的信封，全部是他写好由美国寄我的。一九二九年到一九三一年间，我和一个朋友生活上遭到意外困难时，还前后得到他不少帮助。际真长我六七岁，我们一别五十余年，真想看看这位老大哥，同他叙叙半世纪隔离彼此不同的情况。因此回到新港我姨妹家不久，就给他写了个信，说我这次到美国，很希望见到几个多年不见的旧友，如邓嗣禹、房兆楹和他本人。准备去纽约专诚拜访。

回信说，在报上已见到我来美消息。目前彼此都老了，丑了，为保有过去年轻时节印象，不见面还好些。果然有些古怪。但我想，际真长期过着极端孤寂的生活，是不是有一般人难于理解的隐衷？且一般人所谓“怪”，或许倒正是目下认为活得“健康正常人”中也已消失无余的稀有难得的品质。

虽然回信像并不乐意和我们见面，我们——兆和、充和①、傅汉思②和我，曾两次电话相约两度按时到他家拜访。

第一次一到他家，兆和、充和即刻就在厨房忙起来了。尽管他连连声称厨房不许外人插手，还是为他把一切洗得干干净净。到把我们带来的午饭安排上桌时，他却承认做得很好。他已经八十五六岁了，身体精神看来还不错。我们随便谈下去，谈得很愉快。他仍然保有山东人那种爽直淳厚气质。使我惊讶的是，他竟忽然从抽屉里取出我的两本旧作，《鸭子》和《神巫之爱》！那是我二十年代中早期习作，《鸭子》还是我出的第一个综合性集子。这两本早年旧作，不仅北京上海旧书店已多年绝迹，连香港翻印本也不曾见到。书已经破旧不堪，封面脱落了，由于年代过久，书页变黄了、脆了，翻动时，碎片碎

① 充和：即张充和，作者夫人张兆和之妹。

② 傅汉思：美国汉学家，张充和的丈夫。

屑直往下掉。可是，能在万里之外的美国，见到自己早年不成熟不像样子的作品，还被一个古怪老人保存到现在，这是难以理解的，这感情是深刻动人的！

谈了一会儿，他忽然又从什么地方取出一束信来，那是我在一九二八到一九三一年写给他的。翻阅这些五十年前的旧信，它们把我带回到二十年代末期那段岁月里，令人十分怅惘。其中一页最最简短的，便是这封我向他报告志摩遇难的信：

际真：

志摩十一月十九日十一点三十五分乘飞机撞死于济南附近的“开山”。飞机随即焚烧，故二司机成焦炭。志摩衣已尽焚去，全身颜色尚如生人，头部一大洞，左臂折断，左腿折碎，照情形看来，当系飞机坠地前人即已毙命。二十一此间接到电后，二十二我赶到济南，见其破碎遗骸，停于一小庙中。时尚有梁思成等从北平赶来，张嘉铸从上海赶来，郭有守从南京赶来。二十二晚棺木运南京转上海，或者尚葬他家乡。我现在刚从济南回来，时一九三一年十一月二十三早晨。

那是我从济南刚刚回青岛，即刻给他写的。志摩先生是我们友谊的桥梁，纵然是痛剜人心的噩耗，我不能不及时告诉他。

如今这个才气横溢光芒四射的诗人辞世整整有了五十年。当时一切情形，保留在我印象中还极其清楚。

那时我正在青岛大学中文系教点书。十一月二十一日下午，文学院几个比较相熟的朋友，正在校长杨振声先生家吃茶谈天，忽然接到北平一个急电。电中只说志摩在济南不幸遇难，北平、南京、上海亲友某某将于二十二日在济南齐鲁大学朱经农校长处会齐。电报来得过于突兀，人人无不感到惊愕。我当时表示，想搭夜车去济南看看，大家认为很好。第二天一早车抵济南，我赶到齐鲁大学，由北平赶来的张奚若、金岳霖、梁思成诸先生也刚好到达。过不多久又见到上海来的张嘉铸先生和穿了一身孝服的志摩先生的长子，以及从南京来的张慰慈、郭有守两先生。

随即听到受上海方面嘱托为志摩先生料理丧事的陈先生谈遇难经过，才明白出事地点叫“开山”，本地人叫“白马山”。山高不会过一百米。京浦车从山下经过，有个小站可不停车。飞机是每天飞行的邮航班机，平时不售客票，但后舱邮包间空处，有特别票仍可带一人。那日由南京起飞时气候正常，因济南附近大雾迷途，无从下降，在市空盘旋多时，最后撞在白马山半斜坡上起火焚烧。消息到达南京邮航总局，才知道志摩先生正在机上。灵柩暂停城里一个小庙中。

早饭后，大家就去城里偏街瞻看志摩先生遗容。那天正值落雨，雨渐落渐大，到达小庙时，附近地面已全是泥浆。原来这停灵小庙，已成为个出售日用陶器的堆店。院坪中分门别类搁满了大大小小的缸、罐、沙锅和土碗，堆叠得高可齐人。庙里面也满是较小的坛坛罐罐。棺木停放在入门左侧贴墙处，像是临时腾出来的一点儿空间，只容三五人在棺边周旋。

志摩先生已换上济南市面所能得到的一套上等寿衣：戴了顶瓜皮小帽，穿了件浅蓝色绸袍，外加个黑纱马褂，脚下是一双粉底黑色云头如意寿字鞋。遗容见不出痛苦痕迹，如平常熟睡时情形，十分安详。致命伤显然是飞机触山那一刹那间促成的。从北京来的朋友，带来个用铁树叶编成径尺大小花圈。如古希腊雕刻中常见的式样，一望而知必出于志摩先生生前好友思成夫妇之手。把花圈安置在棺盖上，朋友们不禁想到，平时生龙活虎般、天真淳厚、才华惊世的一代诗人，竟真如“为天所忌”，和拜伦、雪莱命运相似，仅只在人世间活了三十多个年头，就突然在一次偶然事故中与世长辞！志摩穿了这么一身与平时性情爱好全然不相称的衣服，独自静悄悄躺在小庙一角，让檐前点点滴滴愁人的雨声相伴，看到这种凄清寂寞景象，在场亲友忍不住人人热泪盈眶。

我是个从小遭受至亲好友突然死亡比许多人更多的人，经受过多种多样城里人从来想象不到的噩梦般生活考验，我照例从一种沉默中接受现实。当时年龄不到三十岁，生命中像有种青春火焰在燃烧，工作时从不知道什么疲倦。志摩先生突然的死亡，深一层体验到生命的脆弱倏忽，自然使我感到分外沉重。觉得相熟不过五六年的志摩先生，对我工作的鼓励和赞赏所产生的深刻作用，再无一个别的师友能够代替，因此当时显得格外沉默，始终不说一句话。后来也从不写过什么带感情的悼念文章。只希望把他对我的一切好意热忱，反映到今后工作中，成为一个永久牢靠的支柱，在任何困难情况下，都不灰心丧气。对人对事的态度，也能把志摩先生为人的热忱坦白和平等待人的稀有好处，加以转化扩大到各方面去，形成长远持久的影响。因为我深深相信，在任何一种社会中，这种对人坦白无私的关心友情，都能产生良好作用，从而鼓舞人抵抗困难，克服困难，具有向上向前意义的。我近五十年的工作，从不断探索中所得的点滴进展，显然无例外都可说是这些朋友淳厚真挚友情光辉的反映。

人的生命会忽然泯灭，而纯挚无私的友情却长远坚固永在，且无疑能持久延续，能发展扩大。

一九八一年八月于北京作

忆翔鹤

——二十年代前期同在北京我们一段生活的点点滴滴

一九二三年秋天，我到北京已约一年，住在前门外杨梅竹斜街“酉西会馆”侧屋一间既湿且霉的小小房间中，看我能看的一些小书和另外那本包罗万象有用人事写成的“大书”，日子过得十分艰苦，却对未来充满希望。可是经常来到会馆看望我的一个表弟，先我两年到北京的农业大学学生，却担心我独住在会馆里，时间久了不是个办法。特意在沙滩附近银闸胡同一个公寓里，为我找到一个小小房间，并介绍些朋友，用意是让我在新环境里多接近些文化和文化人，减少一点寂寞，心情会开朗些。住处原是个贮煤间。因为受“五四”影响，来京穷学生日多，掌柜的把这个贮煤间加以改造，临时开个窗口，纵横钉上四根细木条，用高丽纸糊好，搁上一个小小写字桌，装上一扇旧门，让我这么一个体重不到一百磅的乡下佬住下。我为这个仅可容膝安身处，取了一个既符合实际又略带穷秀才酸味的名称——“窄而霉小斋”，就泰然坦然住下来了。生活虽还近于无望无助地悬在空中，气概倒很好，从不感到消沉气馁。给朋友印象，且可说生气虎虎，憨劲十足。主要原因，除了我在军队中照严格等级制度，由班长到军长约四十级的什么长，具体压在我头上心上的沉重分量已完全摆脱，且明确意识到是在真正十分自由地处理我的当前，并创造我的未来。此外还有三根坚固结实支柱共同支撑住了我，即“朋友”“环境”和“社会风气”。

原来一年中，我先后在农业大学、燕京大学和北京大学，就相熟了约三十个人。农大的多属湖南同乡。两间宿舍共有十二个床位，只住下八个学生，共同自办伙食，生活中充满了家庭空气。当时应考学农业的并不多，每月既有二十五元公费，学校对学生还特别优待。农场的蔬菜瓜果，秋收时，每一学生都有一份。实验农场大白菜品种特别好，每年每人可分一二百斤，一齐埋在宿舍前沙地里。千八百斤大卷心菜，足够三四个月消费。新引进的台湾种矮脚白鸡，用特配饲料喂养，下蛋特别勤。园艺系学生，也可用比市场减半价钱，每月分配一定分量。我因表弟在农大读书，早经常成为不速之客，留下住宿三五天是常有事。还记得有一次雪后天晴，和郁达夫先生、陈翔鹤、赵其文共同踏雪出平则门，一直走到罗道庄，在学校吃了一顿饭，大家都十分满意开心。因为上桌的菜有来自苗乡山城的鹌鹑和胡葱酸菜、新化的菌子油、汉寿石门的风鸡风鱼，在北京任何饭馆里都吃不到的全上了桌子。

这八个同乡不久毕业回转家乡后，正值北伐成功，因此其中六个人，都成了县农会主席，过了一阵不易设想充满希望的兴奋热闹日子，“马日事变”倏然而来，便在军阀屠刀下一同牺牲了。

第二部分朋友是老燕京大学的学生。当时校址还在盔甲厂，由认识董景天（董秋斯）开始。董原来正当选学生会主席，照习惯，即兼任校长室的秘书。初到他学校拜访时，就睡在他独住小楼地板上，天上地下谈了一整夜。第二天他已有点招架不住，我还若无其事。到晚上又继续谈下去，一直三夜，把他几乎拖垮，但他对我却已感到极大兴趣，十分满意。于是由董景天介绍先后认识了张采真、司徒乔、刘廷蔚、顾千里、韦丛芜、于成泽、焦菊隐、刘潜初、樊海珊等人。燕大虽是个教会大学，可是学生活动也得到较大便利。当北伐军到达武汉时，这些朋友多已在武汉工作。不久国共分裂，部分还参加了广州暴动，牺牲了一半人。活着的陆续逃回上海租界潜伏待时。一九二八至一九二九年左右，在景天家中，我还有机会见到张采真、刘潜初等五六人多次，谈了不少武汉前后情况，和广州暴动失败种种。（和斯沫特莱[①]相识，也是在董家。）随后不久，这些朋友就又离开了上海，各以不同灾难成了“古人”。解放后，唯一还过从的，只剩下董景天一人。我们友谊始终极好。我在工作中的点滴成就，都使他特别高兴。他译的托尔斯泰名著，每一种印出时，必把错字一一改正后，给我一册作为纪念。不幸在我一九七一年从湖北干校回京时，董已因病故去二三月了。

---

① 斯沫特莱：美国女作家、记者。

真是良友云亡，令人心痛。

第三部分朋友，即迁居沙滩附近小公寓后不多久就相熟了许多搞文学的朋友。湖南人有刘梦苇、黎锦明、王三辛……四川人有陈炜谟、赵其文、陈翔鹤，相处既近，接触机会也更多。几个人且经常同在沙滩附近小饭店同座共食。就中一部分是北大正式学生，一部分和我情形相近，受了点“五四”影响，来到北京，为继续接受文学革命熏陶，引起了一点幻想童心，有所探索有所期待而来的。当时这种年轻人在红楼附近地区住下，比住东西二斋的正规学生大致还多数倍。有短短时期就失望离开的，也有一住三年五载的，有的对于文学社团发生兴趣，有的始终是单干户。共同影响到二十世经三十年代中国新文学，各有不同成就。

近人谈当时北大校长蔡元培先生的伟大处时，多只赞美他提倡的“学术自由”，选择教师不拘一格，能兼容并包，具有远见与博识。可极少注意过学术思想开放以外，同时对学校大门也全面敞开，学校听课十分自由，影响实格外深刻而广泛。这种学习方面的方便，以红楼为中心，几十个大小公寓，所形成的活泼文化学术空气，不仅国内少有，即在北京别的学校也稀见。谈二十世纪二十年代北大学术上的自由空气，必须肯定学校大门敞开的办法，不仅促进了北方文学的成就，更酝酿储蓄了一种社会动力，影响到后来社会的发展。因为当时“五四”虽成了尾声，几个报纸副刊，几个此兴彼起的文学新社团和大小文学刊物，都由于学生来自全国，刊物因之分布面广，也具有全国性。

我就是在这时节和翔鹤及另外几个朋友相识，而且比较往来亲密的。记得炜谟当时是北大英文系高才生，特别受学校几位名教师推重，性格比较内向，兴趣偏于研究翻译，对我却十分殷勤体贴。其文则长于办事，后来我在《现代评论》当发报员时，其文已担任经理会计一类职务。翔鹤住中老胡同，经济条件似较一般朋友好些，房中好几个书架，中外文书籍都比较多，新旧书分别搁放，清理得十分整齐。兴趣偏于新旧文学的欣赏，对创作兴趣却不大。三人在人生经验和学识上，都比我成熟得多，但对于社会这本“大书”的阅读，可都不如我接触面广阔，也不如我那么注意认真仔细。

正因为我们性情经历上不同处，在相互补充情形下，大家不只谈得来，且相处极好。我和翔鹤同另外一些朋友就活在二十世纪二十年代前期，这么一个范围窄狭生活中，各凭自己不同机会、不同客观条件和主观愿望，接受所能得到的一份教育，也影响到后来各自不同的发展，有些近于离奇不经的偶然性，有些又若有个规律，可以于事后贯串起来成一条线索，明白一部分却近于必然性。

因为特别机会，一九二五至一九二六年间，我在香山慈幼院图书馆做了个小职员，住在香山饭店前山门新宿舍里。住处原本是清初泥塑四大天王所占据，香山寺既改成香山饭店，学生用破除迷信为理由，把彩塑天王捣毁后，由学校改成几间单身职员临时宿舍。别的职员因为上下极不方便，多不乐意搬到那个宿舍去。我算是第一个搬进的活人。翔鹤从我信中知道这新住处奇特环境后，不久就充满兴趣，骑了毛驴到颐和园，换了一匹小毛驴，上香山来寻幽访胜，成了我住处的客人，在那简陋宿舍中，和我同过了三天不易忘却的日子。

双清那个悬空行宫虽还有活人住下，平时照例只两个花匠看守。香山饭店已油漆一新，挂了营业牌子，当时除了四个白衣伙计管理灯水，还并无一个客人。半山亭近旁一系列院落，泥菩萨去掉后，到处一片空虚荒凉，白日里也时有狐兔出没，正和《聊斋志异》故事情景相通。我住处门外下一段陡石阶，就到了那两株著名的大松树旁边。我们在那两株“听法松”边畅谈了三天。每谈到半晚，四下一片特有的静寂，清冷月光从松枝间筛下细碎影子到两人身上，使人完全忘了尘世的纷扰，但也不免鬼气阴森，给我们留下个清幽绝伦的印象。所以经过半个世纪，还明明朗朗留在记忆中，不易忘却。解放后不久，翔鹤由四川来北京工作，我们第一次相见，提及香山旧事，他还记得我曾在大松树前，抱了一面琵琶，为他弹过“梵王宫”曲子。大约因为初学，他说，弹得可真蹩脚，听来不成个腔调，远不如陶潜挥“无弦琴”有意思。我只依稀记得有这么一件乐器，至于曲调，大致还是从刘天华先生处间接学来的。这件乐器，它的来处和去踪，可通通忘了。

翔鹤在香山那几天，我还记得，早晚吃喝，全由我下山从慈幼院大厨房取来，只是几个粗面冷馒头，一碟水疙瘩咸菜。饮水是从香山饭店借用个洋铁壶打来的。早上洗脸，也照我平时马虎应差习惯，若不是从“双清”旁山溪沟里，就那一线细流，用搪瓷茶缸慢慢舀到盆里，就得下山约走五十级陡峻石台阶，到山半腰那个小池塘旁石龙头口流水处，挹取活泉水对付过去。一切都简陋草率得可笑惊人。一面是穷，我还不曾学会在饮食生活上有所安排，使生活过得像样些。另一面是环境的清幽离奇处，早晚空气都充满了松树的香味，和间或由双清那个荷塘飘来的荷花淡香。主客间所以都并不感觉到什么歉仄或生活上的不便，反而觉得充满了难得的野趣，真是十分欢快。

使我深一层认识到，生长于大都市的翔鹤，出于性情上的熏染，受陶渊明、嵇康作品中反映的洒脱离俗影响实已较深；和我来自乡下，虽不欢喜城市却并不厌恶城市，入城虽再久又永远还像乡巴佬的情形，心情上似同实异的差别。因此正当他羡慕我的新居环境像个“洞天福地”，我新的工作从任何方面说来也是难得的幸运时，我却过不多久，又不声不响，抛下了这个燕京二十八景之一的两株八百年老松树，且并不曾正式向顶头上司告别，就挟了一小网篮破书，一口气跑到静宜园宫门口，雇了个秀眼小毛驴，下了山，和当年鲁智深一样，返回了“人间”。依旧在那个公寓小窝里，过我那种前路茫茫穷学生生活了。生活上虽依旧毫无把握，情绪上却自以为又得到完全自由独立，继续进行我第一阶段的自我教育。一面阅读我所能到手用不同文体写成的新旧文学作品，另一面更充满热情和耐心，来阅读用人事组成的那本内容无比丰富充实的“大书”了。在风雨中颠簸生长的草木，必然比在温室荫蔽中培育的更结实强健，对我而言，也更切合实际。

个人在生活处理上，或许一生将是个永远彻底败北者，但在工作上的坚持和韧性，半个世纪来，还像对得起这个生命。这种坚毅持久，不以一时成败得失而改型走样，自然包括有每一阶段一些年岁较长的友好，由于对我有较深认识、理解而产生无限同情和支持密切相关。回溯半世纪前第一阶段的生活和学习，炜谟、其文和翔鹤的影响，显明在我生长过程中，都占据一定位置。我此后工作积累点滴成就，都和这份友谊分不开。换句话说，我的工作成就里，都浸透有几个朋友淡而持久古典友谊素朴性情人格一部分。后来生活随同社会发展中，经常陷于无可奈何情形下，始终能具一种希望信心和力量，倒下了又复站起，当十年浩劫及身时，在湖北双溪，某一时血压高达二百五十度，心目还不眩瞀失去节度，总还觉得人生百年长勤，死者完事，生者却宜有以自励。一息尚存，即有责任待尽！这些故人在我的印象温习中，总使我感觉到生命里便恢复了一种力量和信心。所以翔鹤虽在十年浩劫中被折磨死去了，在我印象中，却还依旧完全是个富有生气的活人。

一九八〇年八月十日作于北京

一个爱惜鼻子的朋友

民国十年，湘西统治者陈渠珍，受了点“五四”余波的影响，并对于联省自治抱了幻想，在保靖地方办了个湘西十三县联合中学校，教师全是由长沙聘请来的，经费由各县分摊，学生由各县选送。那学校位置在城外一个小小山丘上，清澈透明的酉水，在西边绕山脚流去，滩声入耳，使人神气壮旺。对河有一带长岭，名野猪坡，高约七八里，局势雄强。（翻岭有条官路可通永顺。）岭上土地丛林与洞穴，为烧山种田人同野兽大蛇所割据。一到晚上，虎豹就傍近种山田的人家来吃小猪，从小猪锐声叫喊里，还可知道虎豹跑去的方向（这大虫有时白天“昂”的一吼，夹河两岸山谷回声必响应许久）。种田人也常常拿了刀叉火器，以及种种家伙，往树林山洞中去寻觅，用绳网捕捉大蛇，用毒烟熏取野兽。岭上最多的是野猪，喜欢偷吃山田中的苞谷和白薯，为山中人真正的仇敌。正因为对付这个无限制的损害农作物的仇敌，岭上打锣击鼓猎野猪的事，也就成为一种常有的工作，一种常有的游戏了。学校前面有个大操场，后边同左侧皆为荒坟同林莽，白日里野狗成群结队在林莽中游行，或各自蹲坐在荒坟头上眺望野景，见人不惊不惧。

天阴月黑的夜里，这畜生就把鼻子贴着地面长嗥，招呼同伴，掘挖新坟，争夺死尸咀嚼。与学校小山丘遥遥相对，相去不到半里路另一山丘中凹地，是当地驻军的修械厂，机轮轧轧声音终日不息，试枪处每天可听到机关枪、迫击炮响声。新校舍的建筑，因为由军人监工，所有课堂宿舍的形式与布置，同营房差不多。学生所过的日子，也就有些同军营相近。学校中当差的用两班徒手兵士，校门守卫的用一排武装兵士，管厨房宿舍的全由部中军佐调用。 在这种环境中陶冶的青年学生，将来的命运，不能够如一般中学生那么平安平凡，一看也就显然明白了。

当时那些青年中学生，除了星期日例假，可以到城里城外一条正街和小街上买点东西，或爬山下水玩玩，此外就不许无故外出。不读书时他们就在大操场里踢踢球，这游戏新鲜而且活泼，倒很适宜于一群野性中学生。过不久，这游戏且成为一种有传染性的风气，使军部里一些青年官佐也受传染影响了。学生虽不能出门，青年官佐却随时可以来校中赛球。大家又不需要什么规则，只是把一个球各处乱踢，因此参加的人也毫无限制。我那时节在营上并无固定职务，正寄食于一个表兄弟处，白日里常随同号兵过河边去吹号，晚上就蜷伏在军械处一堆旧棉军服上睡觉。有一次被人邀去学校踢球，跟着那些青年学生吼吼嚷嚷满场子奔跑，他们上课去了，我还一个人那么玩下去。学校初办，四周还无围墙，只用有刺铁丝网拦住，什么人把球踢出了界外时，得请野地里看牛牧羊人把球抛过来，不然就得出校门绕路去拾球。自从我一做了这个学校踢球的清客后，爬铁丝网拾球的事便派归给我。我很高兴当着他们面前来做这件事，事虽并不怎么困难，不过那些学生却怕处罚，不敢如此放肆，我的行为于是成为英雄行为了。我因此认识了许多朋友。

朋友中有三个同乡，一个姓杨，本城高枧乡下地主的独生子；一个姓韩，我的旧上司的儿子（就是辰州麻总爷巷第一支队司令部留守处那个派我每天钓蛤蟆下酒的老军官的儿子）；一个姓印，眼睛有点儿近视。他的父亲曾做过军部参谋长，因此在学校他俨然是个自由人。前两个人都很用心读书，姓印的可算得是个球迷。任何人邀他踢球，他必高兴奉陪，球离他不管多远，他总得赶去踢那么一脚。每到星期天，军营中有人往沿河下游四里的教练营大操场同学兵玩球时，这个人也必参加热闹。大操场里极多牛粪，有一次同人争球，见牛粪也拼命一脚踢去，弄得另一个人全身一塌糊涂。这朋友眼睛不能辨别面前的皮球同牛粪，心地可雪亮透明。体力身材皆不如人，倒有个很好的脑子。玩虽玩得厉害，应月考时各种功课皆有极好成绩。性情诙谐而快乐，并且富于应变之才，因此全校一切正当活动少不了他，大家亲昵地称呼他为“印瞎子”，承认他的聪明，同时也断定他会“短命”。

每到有人说他寿命不永时，他便指定自己的鼻子：“大爷，别损我。我有这条鼻子，活到八十八，也无灾无难！”

有一次，几个人在一株大树下言志，讨论到各人将来的事业。姓杨的想办团防，因为做了团总就可以不受人敲诈，倒真是个地主的好打算。姓韩的想做副官长，原因是他爸爸也做过副官长，所谓承先人之业是也。还有想管“常平仓”的，想做县公署第一科长的，想做苗守备官下苗乡去称王做霸的，以及想做徐良、黄天霸，身穿夜行衣，反手接飞镖，以便打富济贫的。

有人询问那个近视眼，想知道他将来准备做什么。

他伸手出去对那个发问人打了个响榧子：“不要小看我印瞎子，我不像你、他那么无出息。我要做个伟人！说大话不算数，你们等着瞧吧。看相的王半仙夸奖我这条鼻子是一条龙，赵匡胤黄袍加身，不儿戏！”他说了他的抱负后，转脸向我，用手指着他自己那条鼻子，有点众人不识英雄的神气，“大爷，你瞧，你说老实话，像我这样一条鼻子，送过当铺去，不是也可以当个一千八百吗？”

我忙笑着说：“值得值得！”但因为想起另外一件事，不由得大笑起来了。

另一时他同我过渡，预备往野猪坡大岭上去看乡下人新捕获的大豹子，手中无钱，不能给撑渡船的钱。船快拢岸时他就那么说：“划船的，伍子胥落难的故事你明白不明白？”

撑渡船的就说：“我明白！”

“你明白很好。你认准我这条鼻子，将来有你的好处。”

那弄船的好像知道是什么事了，却也指着自己鼻子说：“少爷，不带钱不要紧，你也认清我这鼻子！”

“我认得，我认得，不会忘记。这是朱砂鼻子，按相书说主酒食，你一天能喝多少？我下次同你来喝个大醉吧。”

弄船的大约也很得意自己那条鼻子，听人提到它便很妩媚地微笑了。那鼻子，直透红得像条刚从饭锅里捞出的香肠！

至于我当时的志向呢，因为就过去经验说来，我只能各处流转接受个人应得的一份命运，既无事业可做，还能希望什么好生活。不过我很明白“时间”这个东西十分古怪。一切人一切事都会在时间下被改变。当前的安排也许不大对，有了小小错处，我很愿意尽一份时间来把世界同世界上的人改造下看看。我并不计划做苗官，又不能从鼻子眼睛上什么特点增加多少自信。我不看重鼻子，不相信命运，不承认目前形势，却尊敬时间。我不大在生活的得失上关心，却了然时间对这个世界同我个人的严重意义。我愿意好好地结结实实地来做一个人，可说不出将来我要做个什么样的人。因此一来，我当时也就算不得是个有志气的人。

民国十三年川军熊克武率领二十万大军从湘西过境，保靖发生了一场混战，各种主要建设全受军事影响毁掉了，那个学校在我们撤退时也被一把火烧尽了。学生各自散走后，有的成了小学教员，有的从了军，有几个还干脆做了土匪，占山落草称大王，把家中童养媳接上山去圆亲充压寨夫人。我那时已到北京，从家信中得来一点点关于他们的消息，认为很自然也很有意思。时间正在改造一切，尽强健的爬起，尽懦怯的灭亡。我在这一份岁月中，变动得比那些小同乡还更厉害，他们做的事我毫不出奇，毫不惊讶。

到了民国十六年，革命军北伐攻下武汉后，两湖方面党的热力无处不被浸人。小县小城无不建立了党的组织，当地小学教员照例十分积极成为党的中坚分子。烧木偶，除迷信，领导小学生开会游行，对本地土豪劣绅刻薄商人主张严加惩罚，打庙里菩萨破除迷信，以上便是小县城党部重要工作。当地防军头目同县知事，处处事事受党的挟制，虽有实力却不敢随便说话。那个姓杨的同姓韩的朋友，适在本县做小学教员。两人在这个小小县城里，居然燃烧了自己的血液，在这一种莫名其妙的情形中，成了党的台柱。加上了个姓刘的特派员的支持，一切事都毫无顾忌，放手做去。工作的狂热，代为证明他们对这个问题认识得还如何天真。必然的变化来了，各处清党运动相继而起。军事领袖得到了惩罚活动分子的密令，十分客气地把两个人从课室中请到县里开会，刚到会场就宣布省里指示，剥了他们的衣服，派一排兵士簇拥出西门城外砍了。

那个近视眼朋友，北伐军刚到湖南，就入长沙党务学校受训练，到北伐军奠定武汉，长江下游军事也渐渐得手时，他也成为毛委员的小助手，身穿了一件破烂军服，每日跟随着委员各处跑，日子过得充满了狂热与兴奋。他当真有意识在做候补“伟人”了。这朋友从卅×军政治部一个同乡处，知道我还困守在北京城，只是白日做梦，想用一支笔奋斗下去，打出个天下。就写了个信给我：

大爷，你真是条好汉！可是做好汉也有许多地方许多事业等着你，为什么尽捏紧那支笔？你记不记得起老朋友那条鼻子？不要再在北京城写什么小说，世界上已没有人再想看你那种小说了。到武汉来找老朋友，看看老朋友怎么过日子吧？你放心，想唱戏，一来就有你戏唱。从前我用脚踢牛屎，现在一切不同了，我可以踢许多许多东西了。……

他一定料想不到，这一封信就差点儿把我踢入北京城的监狱里。收到这信后我被查公寓的宪警麻烦了四五次，询问了许多蠢话，抖气把那封信烧了。我当时信也不回他一个。我心想：“你不妨依旧相信你那条鼻子，我也不妨仍然迷信我这一只手，等等看，过两年再说吧。”不久宁汉左右分裂，清党事起，万千青年人就从此失了踪，不知道往什么地方去了。我在武汉一些好朋友，如顾千里、张采真……也从此在人间消失了。这个朋友的消息自然再也得不到了。

……

我听许多人说及北伐时代两湖青年对革命的狂热。我对于政治缺少应有理解，也并无有兴味，然而对于这种民族的狂热感情却怀着敬重与惊奇。这究竟是怎么回事？我愿意多知道一点点。估计到这种狂热虽用人血洗过了，被时间漂过了，现在回去看看，大致已看不出什么痕迹了。然而我还以为即或“人性善忘”，也许从一些人的欢乐或恐怖印象里，多多少少还可以发现一点对我说来还可说是极新的东西。回湖南时，因此抱了一种希望。

在长沙有五个同乡青年学生来找我，在常德时我又见着七个同乡青年学生，一谈话就知道这些人一面正被“杀人屠户”提倡的读经打拳政策所困惑，不知如何是好。一面且受几年来国内各种大报小报文坛消息所欺骗，都成了颓废不振猥琐庸俗的人物，一见我别的不说，就提出四十多个“文坛消息”要我代为证明真伪。都不打算到本身能为社会做什么，愿为社会做什么。对生存既毫无信仰，却对于三五稍稍知名或善于卖弄招摇的作家那么发生浓厚兴味。且皆想做诗人，随随便便写两首诗，以为就是一条出路。从这些人推测将来这个地方的命运，我俨然洞烛着这地方从人的心灵到每一件小事的糜烂与腐蚀。这些青年皆患精神上的营养不足，皆成了绵羊，皆怕鬼信神。一句话，完了。……

过辰州时几个青年军官燃起了我另外一种希望。从他们的个别谈话中，我得到许多可贵的见识。他们没有信仰，更没有幻想，最缺少的还是那个精神方面的快乐。当前严重的事实紧紧束缚他们，军费不足，地方经济枯竭，环境尤其恶劣。他们明白自己在腐烂、分解，在我面前就毫不掩饰个人的苦闷。他们明白一切，却无力解决一切。然而他们的身体都很康健，那种本身覆灭的忧虑，会迫得他们去振作。他们虽无幻想，也许会在无路可走时接受一个幻想的指导。他们因为已明白习惯的统治方式要不得，机会若许可他们向前，这些人界于生存与灭亡之间，必知有所选择！不过这些人平时也看报看杂志，因此到时他们也会自杀，以为一切毫无希望，用颓废身心的狂嫖滥赌而自杀！

我的旅行到了离终点还有一天路程的塔伏，住在一家桥头小客店里。洗了脚，天还未黑。店主人正告给我当地有多少人家，多少烟馆。忽然听得桥东人声嘈杂，小队人马过后，接着是一乘京式三顶拐轿子，一行人等停顿在另外一家客店门前。我知道大约是什么委员，心中就希望这委员是个熟人，可以在这荒寒小地方谈谈。我正想派随从虎雏去问问委员是谁。料不到那个人一下桥，脸还不洗，就走来了。一个匣子炮护兵指定我说："您姓沈吗？局长来了！"我看到一个高个子瘦人，脸上精神饱满，戴了副玳瑁边近视眼镜，站在我面前，伸出两只瘦手来表示要握手的意思。我还不及开口，他就嚷着说："大爷，你不认识我，你一定不认识我，你看这个！"他指着鼻子哈哈大笑起来。

"你不是印瞎子？"

"大爷，印瞎子是我！"

我认识那条体面鼻子，原来真是他！我高兴极了。问起来我才明白他现在是乌宿地方的百货捐局长，这时节正押解捐款回城。未到这里以前，先已得到侦探报告，知道有个从北方来姓沈的人在前面，他就断定是我。一见当真是我，他的高兴可想而知。

我们一直谈到吃晚饭。饭后他说我们可以谈一个晚上，派护兵把他宝贵的烟具拿来。装置烟具的提篮异常精致，真可以说是件贵重美术品。烟具陈列妥当后，因为我对于烟具的赞美，他就告我这些东西的来源，那两支烟枪是贵州省主席李晓炎的，烟灯是川军将领汤子模的，烟匣是黔省军长王文华的，打火石是云南鸡足山……原来就是这些小东西，都各有出处，也各有历史或艺术价值，也是古董。至于提篮呢，还是贵州省一个烟帮首领特别定做送给局长的，试翻转篮底一看，原来还很精巧地织了几个字！问他为什么会玩这个，他就老老实实地说明，北伐以后他对于鼻子的信仰已失去，因为吸这个，方不至于被人认为那个，胡乱捉去那个这个的。说时他把一只手比拟在他自己颈项上，做出个咔嚓一刀的姿势，且摇头否认这个解决方法。他说他不是阿Q，不欢喜这种“热闹”。

我们于是在这一套名贵烟具旁谈了一整晚话，当真好像读了另外一本《天方夜谭》，一夜之间使我增长了许多知识，这些知识可谓稀有少见。

此后把话讨论到他身上那件玄狐袍子的价钱时，他甩起长袍一角，用手抚摸着那美丽皮毛说：“大爷，这值三百六十块袁大头，好得很！人家说：‘瞎子，瞎子，你年纪还不到三十岁，穿这样厚狐皮会烧坏你那把骨头。’好吧，烧得坏就让他烧坏吧。我这性命横顺是捡来的，不穿不吃做什么。能多活三十年，这三十年也算是我多赚的。”

我把这次旅行观察所得同他谈及，问他是不是也感觉到一种风雨欲来的预兆。而且问他既然明白当前的一切，对于那个明日必需如何安排？他就说军队里混不是个办法，占山落草也不是出路。他想写小说，想戒了烟，把这套有历史的宝贝烟具送给中央博物院，再跟我过上海混，同茅盾、老舍抢一下命运。他说他对于脑子还有点把握。只是对于自己那只手，倒有点怀疑，因为六年来除了举起烟枪对准火口，小楷字也不写一张了。

天亮后大家预备一同动身，我约他到城里时邀两个朋友过姓杨姓韩的坟上看看。他仿佛吃了一惊，赶忙退后一步：“大爷，你以为我戒了烟吗？家中老婆不许我戒烟。你真是……从京里来的人，简直是个京派。什么都不明白。入境问俗，你真是……”我明白他的意思。估计他到城里，也不敢独自来找我。我住在故乡三天，这个很可爱的朋友，果然不再同我见面。

作于一九三五年

一九四〇年一月二十一日校后二节。黄昏，天空淡白，山树如黛。微风摇尤加利树，如有所悟。

五月八日校正数处。脚甚肿痛，天闷热。

十月一日在昆明重校。时市区大轰炸，毁屋数百栋。

一九八〇年一月兆和校毕。

一封未曾付邮的信

阴郁模样的从文，目送二掌柜出房以后，用两只瘦而小的手撑住了下巴，把两个手拐子搁在桌子上去，“唉！无意义的人生——可诅咒的人生！”伤心极了，两个陷了进去的眼孔内，热的泪只是朝外滚。

“再无办法，伙食可开不成了！”二掌柜的话很使他十分难堪，但他并不以为二掌柜对他是侮辱与无理。他知道，一个开公寓的人，如果住上了三个以上像他这样的客人，公寓中受的影响，是能够陷于关门的地位的。他只伤心自己的命运。

“我不能奋斗去生，未必连爽爽快快去结果了自己也不能吧？”一个不良的思绪时时抓着他心。

生的欲望，似乎是一件美丽东西。也许是未来的美丽的梦，在他面前不住地晃来晃去，于是，他又握起笔来写他的信了。他要在这最后一次决定自己的命运。

A先生：

在你看我信以前，我先在这里向你道歉，请原谅我！

一个人，平白无故向别一个陌生人写出许多无味的话语，妨碍了别人正经事情；有时候，还得给人以不愉快，我知道，这是一桩很不对的行为。不过，我为求生，除了这个似乎已无第二个途径了！所以我不怕别人讨嫌，依然写了这信。

先生对这事，若是懒于去理会，我觉得并不什么要紧。我希望能够像在夏天大雨中，见到一个大水泡为第二雨点破灭了一般不措意。

我很为难。因为我并不曾读过什么书，不知道如何来说明我的为人以及对于先生的希望。

我是一个失业人——不，我并不失业，我简直是无业人！我无家，我是浪人——我在十三岁以前就成了一个无家可归的人了。过去的六年，我只是这里那里无目的地流浪。

我坐在这不可收拾的破烂命运之舟上，竟想不出办法找一个一年以上的固定生活。我成了一张小而无根的浮萍，风是如何吹——风的去处，便是我的去处。湖南、四川，到处飘，我如今竟又飘到这死沉沉的沙漠北京了。

经验告我是如何不适于徒坐。我便想法去寻觅相当的工作，我到一些同乡们跟前去陈述我的愿望，我到各小工场去询问，我又各处照这个样子写了好多封信去，表明我的愿望是如何低而容易满足。可是，总是失望！生活正同弃我而去的女人一样，无论我是如何设法去与她接近，到头终于失败。

一个陌生少年，在这茫茫人海中，更何处去寻找同情与爱？我怀疑，这是我方法的不适当。

人类的同情，是轮不到我头上了。但我并不怨人们待我苛刻。我知道，在这个扰攘争逐世界里，别人并不须对他人尽什么应当尽的义务。

生活之绳，看看是要把我扼死了！我竟无法去解除。

我希望在先生面前充一个仆欧。我只要生！我不管任何生活都满意！我愿意用我手与脑终日劳作，来换取每日最低限度的生活费。我愿……我请先生为我寻一生活法。

我以为："能用笔写他心同情于不幸者的人，不会拒绝这样一个小孩子。"这愚陋可笑的见解，增加了我执笔的勇气。

我住处是×××××，倘若先生回复我这小小愿望时……

愿先生康健！

"伙计！伙计！"他把信写好了，叫伙计付邮。

"什么？——有什么事？"在他喊了六七声以后，才听到一个懒懒的应声。从这声中，可以见到一点不愿理会的轻蔑与骄态。

他生出一点火气来了。但他知道这时发脾气，对事情没有好处，且简直是有害的，便依然按捺着性子，和和气气地喊："来呀，有事！"

一个青脸庞二掌柜兼伙计，气呼呼地立在他面前。他准备把信放进刚写好的封套里："请你发一下！……本京一分……三个子儿就得了！"

“没得邮花怎么发？……是的，就是一分，也没有！——你不看早上洋火、夜里的油是怎么来的！”

“……”

“一个大没有如何发，哪里去借？”

“……”

“谁扯诳？那无法……”

“那算了吧。”他实在不能再看二掌柜难看的青色脸了，打发了他出去。

窗子外面，一声小小冷笑送到他耳朵边来。

他同疯狂一样，全身战栗，粗暴地从桌上取过信来，一撕两半。那两张信纸，轻轻地掉了下地，他并不去注意，只将两个半边信封，叠做一处，又是一撕，向字篓中尽力地掼去。

一九二四年十二月中旬作

不毁灭的背影

“其为人也，温美如玉，外润面内贞。”

旧人称赞“君子”的话，用来形容一个现代人，或不免稍稍迂腐。因为现代是个粗犷、夸侈、褊私、疯狂的时代。艺术和人生，都必象征时代失去平衡的颠簸，方能吸引人视听。“君子”在这个时代虽稀有难得，也就像是不切现实。唯把这几句作为佩弦先生[1]身后的题词，或许比起别的称赞更恰当具体。佩弦先生人如其文，可爱可敬处即在凡事平易而近人情，拙诚中有妩媚，外随和而内耿介，这种人格或性格的混和，在做人方面比文章还重要。经传中称的圣贤，应当是个什么样子，话很难说。但历史中所称许的纯粹君子，佩弦先生为人实已十分相近。

我认识佩弦先生和许多朋友一样，从读他的作品而起。先是读他的抒情长诗《毁灭》，其次读叙事散文《背影》。随即因教现代文学，有机会做个进一步的读者。在诗歌散文方面，得把他的作品和俞平伯先生成就并提，作为比较讨论，使我明

---

① 佩弦先生：即朱自清，中国现代作家。

白代表“五四”初期两个北方作家：平伯先生如代表才华，佩弦先生实代表至性，在当时为同样有情感且善于处理表现情感。记得《毁灭》在《小说月报》发表时，一般读者反应，都觉得是新诗空前的力作，文学研究同人也推许备至。唯从现代散文发展看全局，佩弦先生的叙事散文，能守住文学革命原则，文字明朗、素朴、亲切，且能把握住当时社会问题一面，贡献特别大，影响特别深。从民九起，国家教育设计，即已承认中小学国文读本，必用现代语文作品。因此梁任公、陈独秀、胡适之、朱经农、陶孟和……诸先生在理论问题文中，占了教科书重要部门。然对于生命在发展成长的青年学生，情感方面的启发与教育，意义最深刻的，却应数冰心女士的散文，叶圣陶、鲁迅先生的小说，丁西林先生的独幕剧，朱孟实先生的论文学与人生信札和佩弦先生的叙事抒情散文。在文学运动理论上，近二十年来有不断修正，语不离宗，“普及”和“通俗”目标实属问题核心。真能理解问题的重要性，又能把握题旨，从作品上加以试验，证实，且得到有持久性成就的，少数作家中，佩弦先生的工作，可算得出类拔萃。求通俗与普及，国语文学文字理想的标准，是经济、准确和明朗，佩弦先生都若在不甚费力情形中运用自如，而得到极佳成果。一个伟大作家最基本的表现力，是用那个经济、准确、明朗文字叙事，这也就恰是近三十年有创造欲，新作家待培养、待注意、又照例疏忽了的一点。正如作家的为人，伟大本与素朴不可分。一个作家的伟大处，“常人品性”比“英雄气质”实更重要。但是在一般人习惯前，却常常只注意到那个英雄气质而忽略了近乎人情的厚重质实品性。提到这一点时，更让我们想起“佩弦先生的死去，不仅在文学方面损失重大，在文学教育方面损失更为重大”；冯友兰[①]先生在棺木前说的几句话，十分沉痛。因为冯先生明白“教育”与“文运”同样实离不了“人”，必以人为本。文运的开辟荒芜，少不了一二冲锋陷阵的斗士，扶育生长，即必需一大群有耐心和韧性的人来从事。文学教育则更需要能持久以恒兼容并包的人主持，才可望工作发扬光大。佩弦先生伟大得平凡，从教育看远景，是唯有这种平凡做成一道新旧的桥梁，才能影响深远的。

我认识佩弦先生本人时间较晚，还是民十九以后事。直到民二十三，才同在一个组织里编辑中小学教科书，隔二三天有机会在一处商量文字，斟酌取舍。又同为一副刊一月刊编委，每两星期必可集会一次，直到抗战为止。西南联大时代，虽同在一系八年，因家在乡下，除每星期上课有二三次碰头，反而不易见面。有关共事同处的愉快印象，照我私意说来，潘光旦、冯芝生、杨今甫、俞平伯四先生，必能有纪念文章写得更亲切感人。四位的叙述，都可做佩弦先生传记重要参考资料。我能说的印象，却将用本文起始十余字概括。

---

① 冯友兰：中国当代著名教育家，哲学家。

一个写小说的人，对人特别看重性格。外表轮廓线条与人不同处何在，并不重要。最可贵的是品性的本质，与心智的爱恶取舍方式。我觉得佩弦先生性格最特别处，是拙诚中的妩媚，即调和那点“外润而内贞”形成的趣味和爱好。他对事、对人、对文章，都有他自己意见，见得凡事和而不同，然而差别可能极小。他也有些小小弱点，即调和折中性，用到文学方面时，比如说用到鉴赏批评方面，便永远具教学上的见解，少独具肯定性。用到古典研究方面，便缺少专断议论，无创见创获。即用到文学写作，作风亦不免容易凝固于一定风格上，三十年少变化、少新意。但这一切又似乎和他三十年主持文学教育有关。

在清华、联大“委员制”习惯下任事太久，对所主持的一部门事务，必调和折中方能进行，因之对个人工作为损失，对公家贡献就更多。熟人记忆中如尚记得联大时代常有人因同开一课，各不相下，僵持如摆擂台局面，就必然会觉得佩弦先生的折中无我处，如何难能可贵！又良好教师和文学批评家，有个根本不同点：批评家不妨处处有我，良好教师却要客观，要承认价值上的相对性、多元性。陈寅恪、刘叔雅先生的专门研究和最新创作上的试验成就，佩弦先生都同样尊重，而又出于衷心。一个大学国文系主任，这种认识很显然是能将新旧连接文化活用引导所主持一部门工作，到一个更新发展趋势上的。中国各大学的国文系，若还需要办下去，佩弦先生这点精神、这点认识，实值得特别注意，且值得当成一个永久向前的方针。

凡讨论现代中国文学过去得失的，总感觉到有一点困难，即顾此失彼。时间虽仅短短三十年，材料已留下一大堆。民二十四年良友图书公司主持人赵家璧先生，印行新文学大系，欲克服这种困难和毛病，因商量南北熟人用分门负责制编选。或用团体做单位，或用类别做单位。最难选辑的是新诗。佩弦先生担任了这个工作，却又用的是那个客观而折中的态度，不仅将各方面作品都注意到，即对于批评印象，也采用了一个“新诗话”制度辑取了许多不同意见。因之成为谈新诗一本最合理想的参考读物，且足为新文学选本取法。

佩弦先生的《背影》，是近二十五年国内年轻学生最熟悉的作品。佩弦先生的土耳其式毡帽和灰棉袍，也是西南联大同人记忆最深刻的东西。但这两种东西必须加在一个瘦小横横的身架上，才见出分量—— 一种悲哀的分量！这个影子在我记忆中，是从二十三年在北平西斜街四十五号杨宅起始，到“八一三”共同逃难天津，又从长沙临时大学饭厅中，转到昆明青云街四眼井二号，北门街唐家花园清华宿舍一个统舱式楼上。到这时，佩弦先生身边还多了一件东西，即云南特制的硬质灰白羊毛毡（这东西和潘光旦先生鹿皮背甲，照老式制法上面还带点毛，冯友兰先生的黄布印八卦包袱，为本地孩子辟邪驱灾用的，可称联大三绝）。这毛毡是西南夷时代的氆氇[①]，用来裹身，平

---

① 氆氇：藏族人民手工生产的一种毛织品，可以做衣服、床单、毯子等，举行仪礼时也可作为礼物赠人。

时可避风雨，战时能防刀箭，下山时滚转而下还不至于刺伤四肢。昆明气候本来不太热太冷，用不着厚重被盖，佩弦先生不知从何时起床上却有了那么一片毛毡。因为他的病，有两回我去送他药，正值午睡方醒，却看到他从那片毛毡中挣扎而出，心中就觉得有种悲戚。想象他躺在硬板床上，用那片粗毛毡盖住胸腹午睡情形，一定更凄渗。那时节他即已常因胃病，不能饮食，但是家小还在成都，无人照顾，每天除了吃宿舍集团粗粝包饭，至多只能在床头前小小书桌上煮点牛奶吃。那间统舱式的旧楼房，一共住了八个单身教授，同是清华二十年同事老友，大家日子过得够寒伧，还是有说有笑，客人来时，间或还可享用点烟茶。但对于一个体力不济的病人，持久下去，消耗情形也就可想而知。房子还坍过一次墙，似在东边，佩弦先生幸好住在北端。

楼房对面是个小戏台，戏台已改作过道，过道顶上还有一个小阁楼，住了美籍教授温特。阁楼梯子特别狭小曲折，上下都得一再翻转身体，大个子简直无希望上下。上面因陋就简，书籍、画片、收音机、话匣子，以及一些东南亚精巧工艺美术品，墙角梁柱凡可以搁东西处无不搁得满满的。屋顶窗外还特制个一尺宽五尺长木槽，种满了中西不同的草花。房中还有只好事喜弄的小花猫，各处跳跃，客人来时，尤其欢喜和客人戏闹。二丈见方的小阁楼，恰恰如一个中西文化美术动植物罐头，不仅可发现一民族一区域热情和梦想，痛苦或欢乐的式式样样，还可欣赏终日接受阳光生意盎然的花草，陶融于其中的一个老人，一只小猫，佩弦先生住处一面和温特教授小楼相对，另一面有两个窗口，又恰当去唐家花园拜墓看花行人道的斜坡，窗外有一簇绿莹莹的树木和一点芭蕉、一点细叶紫干竹子。有时还可看到斜坡边栏干砖柱上一盆云南大雪山种华美杜鹃和白山茶，花开得十分茂盛，寂静中微见凄凉，雨来时风起处一定能送到房中一点簌簌声和淡淡清远香味。

那座戏楼，那个花园，在民初元恰是三十岁即开府西南，统领群雄，反对帝制，五省盟主唐继尧将军的私产。蔡松坡、梁任公均曾下榻其中。迎宾招贤，举觞称寿，以及酒后歌余，月下花前散步赋诗，东大陆主人的豪情胜概，历史上动人情景，犹恍惚如在目前。然前后不过十余年，主要建筑即早已赁作美领事馆办公处，终日只闻打字机和无线电收音机声音。戏楼正厅及两厢，竟成为数十单身流亡教授暂时的栖身处，池子中一张长旧餐桌上放了几份报、一个不美观破花瓶，破烂萧条恰像是一个旧戏院的后台。戏台阁楼还放下那么一个“鸡尾”式文化罐头。花园中虽经常尚有一二十老花匠照料，把园中花木收拾得很好，花园中一所房子中，小主人间或还在，搁有印缅总督、边疆土司及当时权要所送的象牙铜玉祝寿礼物堆积客厅中，款待客人，举行小规模酒筵舞会，有乐声歌声和行酒欢呼笑语声从楼窗溢出，打破长年的寂静。每逢云南起义日，且照例开放墓园，供市民参观拜谒。凡此都不免更使人感到“一切无常，一切也就是真正历史”。这历史，照例虽存在却不曾保留下来，保留下来的倒常常是“不见马家宅，今作奉诚园”诗人黍离的感慨！就在那么一种情形下，《毁灭》与《背影》的作者，站在住处窗口边，没有散文没有诗，默默地过了六年。这种午睡刚醒或黄昏前后镶嵌到绿荫荫窗口边憔悴清瘦的影子，同时住七个老同事记忆中，一定终生不易消失。

在那个住处窗口边，佩弦先生可能会想到传道书所谓“一切虚空”。也可能体味到庄子名言：“大块赋我以形，劳我以生，佚我以老，息我以死。”因为从所知道的朋友说来，他实在太累了，体力到那个时候，即已消耗得差不多了。佩弦先生本来还并未老，精神上近年来且表现得十分年轻。但是在公家职务上和家庭担负上，始终劳而不逸，得不到一点应有的从容，就因劳而病死了。广济寺下院砖塔顶扬起的青烟，这两天可能已经熄灭了。能毁灭的已完全毁灭。但是佩弦先生的人与文，却必然活到许多人生命中，比云南唐府那座用大理石砌就的大坟还坚实永久。

八月十九日西郊